「ご一緒にポテトはいかがですか」殺人事件

堀 内 公 太 郎

幻冬舎文庫

「ご一緒にポテトはいかがですか」殺人事件

プロローグ

――あいつがどうして死んだか知りたくないか。

怖いと思う気持ちもあったが、その言葉に導かれるようにここまでやってきた。正直、今は来てよかったと思っている。

古いビルの一室だった。すべての窓にブラインドが下ろしてある。外の様子はうかがうことができなかった。連れてこられた車の中でも目隠しをされていたので、ここがどこなのか見当もつかない。

「本当に第五世代の奴らは昔からタチが悪くてね」目の前に立つ坊主頭の男が肩をすくめた。

「《ニューエイジ》と自ら名乗っては、我々の言うことを聞こうとせずに困っていたんだ」

坊主頭の後ろにはもう一人、目つきの悪い男が仁王立ちをしていた。無表情にこちらを見つめている。まるで格闘家のように身体の大きな男だった。一時間前、道端でこの男に声をかけられてここまで連れてこられていた。

空気がよどんでいる――。

　以前は会社のオフィスだったらしく、いくつかの机や椅子が端に寄せて置いてあった。しばらく使っていないのか、すべてにうっすらと埃がかかっている。

「ああいう奴らこそ社会のガンなんだ」坊主頭が続けた。「確かに、君から見れば、我々もロクでもないように見えるだろう。しかし、我々は必要悪だ。社会から弾《はじ》き出された若者の受け皿になっている」

　坊主頭は高級そうなスーツに身を包んでいた。一見するとやり手のビジネスマンにも見えたが、全身からかもし出す雰囲気はあきらかに一般の人とは違っていた。

「あいつも我々が受け入れた一人だよ。受験に失敗して自暴自棄になっていたところに、我々が救いの手を差し伸べたんだ。表の世界では、たった一度の失敗で人生が終わってしまう。我々はそういう若者に生きる希望を与えている。社会にとって必要なんだよ」

　男がやれやれと首を振った。

「それに比べて、奴らはどうだ。堅気のような顔をして、表の社会に溶け込んでいる。本質的には、昔となにも変わらないのに。奴らは寄生虫なんだよ。だから、我々は今回の行動を起こそうとした。正義感などと言うつもりはないが、奴らのやっていることがどうしても許せなかったんだ」

　ずっとなぜ死んだのか理由が分からなかった。しかし、坊主頭の話を聞いたおかげですべてが理解できた。

「あいつは本当に素直でよく働く奴だった。私はあいつを買っていた。将来の幹部候補として考えてたぐらいだ。だから、今回のミッションも任せたんだ。あいつなら信用できると思ってね。それがこんなことになるとは……」坊主頭がため息をついた。「奴らは五人全員でよってたかってあいつを貶《おとし》めたんだ。あれはもはや殺人だよ」

胸の内に、どす黒い感情が渦巻いていた。人の命を虫けらのように扱った奴らに感じるのは、憎悪以外のなにものでもない。

「君も悔しいだろう」坊主頭が同情するような表情を見せた。「君の気持ちはよく分かる。我々も同じ気持ちだ。悔しくて、悲しくて、なによりも腹立たしく思っている」

表からクラクションの音が聞こえた。ブラインドのすき間から差し込む光が、室内に舞う埃を照らし出している。

「我々はこのままおとなしくしているつもりはない。あいつの仇《かたき》を取るつもりだ。そのためにはあいつのあとを継いで、今回のミッションをやり遂げる人物が必要だ。そこで君にぜひ協力してほしいと思っている」

坊主頭を見つめた。

「君にはあいつの代わりにハピハピを盗み出してほしい」

坊主頭がどういう人物なのか、詳しくは知らなかった。話を聞いているかぎり、マトモな仕事をしている人間でないのは確かだろう。しかし、そんなことはどうでもよかった。仇が取れるのであれば、悪魔と契約をしたっていいと思っている。

「並行して、奴らには落とし前をつけてもらうつもりだ。目には目を、歯には歯をと言うだろう。だったら、命には命で償ってもらわないとな。君が自らの手でやりたいというのであれば、協力してもいい。あいつも君に仇を討ってもらえれば本望だろう」

きっとそうだと思う。そうであってほしいと願った。

「手伝ってくれるかな」

あの日以来、凍りついていた心に感情が戻ってくる。抑えきれないほど激しい怒りの感情だった。この感情を鎮める方法は、きっと一つしかない。

小さく息を吐いた。ゆっくりと顎を引く。

坊主頭が口元をゆるめた。近づいてきて右手を差し出す。

その手を握り返した。

「よろしく頼む」坊主頭が口角を上げて笑う。

きっと本物の悪魔もこういう笑い方をするに違いないと思った。

＊＊＊

【史上最悪】東京ピエロ今昔物語【史上最強】58

1：名もなき外道

【東京ピエロについて】

200X年、東京都足立区・江戸川区に住む当時十七歳の少年七人が東浜三蔵をリーダーとして結成した暴走族グループ。最盛期には三十名前後が所属していた。

結成から七年後、第五世代（＊）の引退によってメンバーが不在となり、事実上の解散となった。十年経った現在もその状態が続いている。

結成当初から凶暴性が際立っていて、数々の暴力事件（死亡事件を含む）を起こしていた。有名なところでは、オリンピック代表の柔道家Kに対する集団暴行事件、ヒップホップアーティストSの傷害致死事件などがある。警視庁組織犯罪対策課の刑事が誘拐されたとの噂もあるが、真偽は不明。

（＊）二十歳での引退が慣例となっていた東京ピエロには、第一世代（G1）から第五世代（G5）がある。生まれ年で分かれていて、世代ごとにリーダーがいた。基本的に上世代の命令は絶対だが例外の世代もある。

2：名もなき外道
1の続き

【カンパニーについて】

東京ピエロのOBは、振り込め詐欺、訪問販売詐欺、闇金融といった様々な裏ビジネスを展開している。それらの犯罪グループを総称して「カンパニー」と呼ぶ。

ただし、OB自らが直接犯罪に関わることは少なく、街でスカウトした十代後半から二十代の若者が実行犯として活動している。中には元一流企業の会社員や有名大学の学生もいるが、自分がカンパニーの一員になっていることを知らない者も多い。

そのため、実行犯を逮捕しても主犯格であるピエロOBまではたどり着けず、カンパニーの実態解明にはつながっていない。

【第五世代（G5）について】

第五世代（G5）は自らを《ニューエイジ》と名乗り、第一世代から第四世代とは一線を画している。
上世代が暴力を前面に押し出していたのに対し、G5は街の顔役や不動産会社社長、芸能プロダクション社長といった表の世界で活躍するVIPの用心棒や汚れ仕事を引き受けていた。それを「媚びてる」とする上世代との対立が、内部抗争に発展しかかったこともある。これが東京ピエロ解散の一因とも言われている。

3：名もなき外道
2の続き
【過去スレ】
【史上最悪】東京ピエロ今昔物語【史上最強】57
http://xxxxxxx/xxxxxxx/xxxxxxx/xxxxxxx/

4：名もなき外道
テンプレは以上。

5：名もなき外道

＞＞1　スレ立て乙。

6：名もなき外道
前スレ見てると、第五をもてはやしてる奴らがいたけど分かってないね。
あいつらは体張る度胸もねえクソなのに。
先輩たちの七光で金持ってる奴らにすり寄ってたチキン野郎。

7：名もなき外道
＞＞6　化石がほえてるWW
あんた、G何？

8：名もなき外道
＞＞7　俺は単なる関係者。
でも東浜くんのことはよく知ってる。

9：名もなき外道

三白眼の巨漢ハゲ坊主。

10：名もなき外道
＞＞9　それ東浜くんのこと？
マジでぶっ殺されんよ。

11：名もなき外道
＞＞10　おめえこそさっきからHくんの名前、気軽に出してんじゃねえよ。
本気で追い込みかけてやろうか。

第一章

1

「ポテトのＭ二つとコーラのＭ二つ」カウンターの向こうで、二人の女子高生がメニューを見ずにそう告げる。

「以上でよろしいですか」

「いいでーす」

「少々お待ちください」

真行寺《しんぎょうじ》あかりは笑顔で頭を下げると奥へ向かおうとした。一歩目で膝が抜けたような感覚に襲われ、背筋がひんやりする。少し立ち止まっていると、すぐに違和感は去っていった。

ホッと息をつく。

「どうかした」声をかけてきたのは、マネージャーの神鳥早紀《かんどりさき》だった。あかりがいつも怒られている二十代半ばの女性社員だ。

「なんでもないです」あかりはあわてて告げた。

「だったら、早くして。お客さまをお待たせしないの」

「すみません」

あかりは急いでフライヤーへ向かった。ちょうど揚げたてのポテトが油の海から自動で上がってくる。見ただけで胸焼けがした。

この九月から、生まれて初めてのアルバイトを始めた。最寄り駅近くにある『やみつきドームス』というファストフード店だ。業界にはめずらしくチェーン展開をしていない地元密着型の店で、「一度食べたらやみつきに」というのがキャッチフレーズだった。

フライヤーの前にはあかりしかいなかった。手順に今ひとつ自信がなかったが、味つけはあかりがやるしかなさそうだ。

ポテトを網の上にあけると、スコップで広げていく。

この光景がいまだに苦手だった。油で光るポテトを見つめていると、気分が悪くなってくる。軽く顔を背けながら作業を続けた。

なんとか広げ終えると、ひと息つく。ここまでずいぶんと時間がかかってしまった。急がないと、また早紀に怒られてしまう。

塩のボトルを手に取った。振りかけようとした瞬間、はたと考え込んでしまう。

ソルトが先だっけ？　それともパウダーだっけ？――。

　ポテトを前にして、しばらく固まってしまった。気持ちだけが焦ってくる。まずい。このままだと絶対に怒られる。

「どいて」

　振り向くと、先ほどまであかりの隣で接客していた七五三《しめ》緑子《みどりこ》が立っていた。黒縁メガネの奥から、冷めた目でこちらを見つめている。あかりと同じ二十歳で、同じく今月から働き始めていた。しかし、仕事の覚えはあかりの何倍もいい。

「順番が違う」緑子が小声で告げた。やみつきパウダーのボトルを手に取る。「最初にパウダーを横に二回、縦に二回」

　緑子がポテトに隠し味の《やみつきパウダー》を振りかけた。あかりがやるといつもムラが出るが、緑子がやるとまんべんなく行きわたる。

「今度はそっち」緑子が手を突き出した。

「え？」

「その持ってるやつ」

　あかりはあわてて塩のボトルを手渡した。

「塩をハの字に一回」

　緑子の手がカタカナの《ハ》の字を宙に描いた。ボトルから出た白い粒がポテトに振りかかる。次にスコップを手にすると、手際よく全体を何度かかき混ぜた。

「できあがりだ」

「お見事」あかりは思わず拍手する。

「お見事じゃないだろ」緑子があきれた顔を見せた。「こっちは私が一緒にやるから、さっさとドリンクを用意しろ。またマネージャーに怒られるぞ」

振り向くと、早紀が不機嫌そうにあかりを眺めていた。

「分かった！」

あかりはドリンクの入ったコンテナの前へ急いだ。カップに氷を入れる。コーラは注ぐだけなので、さすがに迷うことはなかった。

「お待たせしました」

やっとのことでポテトとコーラをトレイに載せて、女子高生たちに手渡した。笑顔も忘れずにしっかりと向ける。

会計が済んだところで、「あのう」と女子高生の一人が話しかけてきた。

「はい。なんでしょう」

「店員さん、ここのポテトを食べてるから、そんなにスタイルいいんですか」

「は？」

「ここのポテトは食べても太らないって聞いたんですよね。そうなんでしょ」

「えっと――」あかりは困ってしまった。実は食べたことがないとはさすがに言えない。

「残念ですが、太らないことはありません」助け舟を出してくれたのは早紀だった。「たくさん食べれば、当然、太ると思います」

「そうなんですかあ」女子高生が不満げに言う。よく見ると、二人とも少しぽっちゃりした体型だ。

「でも、ほかのポテトより太りにくい可能性はあるかもしれません」早紀が続ける。「やみつきポテトは当店の看板商品です。素材や油を厳選して、なるべく身体にいい材料を使っていますから」

「やっぱり」質問してきた女子高生の顔が明るくなった。「そうじゃないかと思ってたんだよね」

二人が席に着いたのを確認すると、早紀が隣に寄ってくる。「ああいうのはもう少し上手に対応してね」

「すいません。でも、さっきのホントですか」

「なにが？」

「うちのポテトは太りにくいって」

《やみつきポテト》は、ドームスの看板メニューだ。来店客のほとんどが購入する。特に、地元の中高生には人気だった。

「どうかしらね」早紀が肩をすくめる。「でも、ウソはついてないでしょ。太りにくい可能性はあるかもしれないだから」

「なるほど」あかりは笑った。

店内に新しく客が入ってくる。あかりのレジへと向かってきた。

「しっかりね」早紀が耳元でささやくと離れていく。

あかりは頷《うなず》くと、「いらっしゃいませ、ドームスへようこそ」と客に笑いかけた。

2

「真行寺さん、そろそろ休憩だよ」店長の札山聡一郎《ふだやまそういちろう》が声をかけてくる。「俺も行くから」

「はい」あかりは返事をした。隣のレジにいる緑子を見る。「七五三さん、先に休憩行くね」

緑子は前を向いたまま無表情に頷いた。愛想のかけらもない。

札山のあとについて店の奥へと入っていった。右手に長い廊下があって、左側に休憩室、事務所、更衣室の順番で並んでいる。廊下の突き当たりが従業員通用口になっていた。

休憩室には誰もいなかった。ちょうどシフトが入れ替わる時間帯なので、休憩からそのまま上がるバイトが多いせいだろう。

あかりが椅子に座っていると、「どうぞ」と札山が自動販売機で買ったミネラルウォーターを渡してくれた。

「すいません」あかりはあわててお礼を言う。「あとでお支払いします」

「いいよ、それぐらい」札山が笑った。自分は缶コーヒーを開けながら、「少しは慣れた？」と訊《き》いてくる。

札山は三十歳だが実際はもう少し若く見えた。笑うと細くなる目が優しい印象を与える。

「全然ダメです」あかりは肩をすくめた。「さっきもポテトの作り方が飛んでしまって、七五三さんに助けてもらいました」

「まだ一週間だからね。気にする必要はないさ」

「でも、七五三さんは完璧です」

「彼女は仕事の覚えが早いね。まだ一週間とは思えないぐらいだ。めずらしくあの神鳥さんがホメてたからね」

「やっぱりそうですよね」あかりはため息をついた。「同じ時期に入ったのに、ちょっとへコみます」

札山が口元をゆるめる。「でも、接客は真行寺さんのほうがいいって言ってたよ」

「ホントですか」あかりは思わず訊き返した。

ホントホント、と札山が笑う。「俺も同じ印象だな。お客さんへの笑顔は真行寺さんのほうが断然リードしてるよ」

「ありがとうございます！」

頬《ほお》が熱くなった。仕事で褒められたのは初めての経験だ。その相手が札山だったことで、うれしさも倍増だった。

「仕事なんて、やっていればそのうちイヤでも覚えるよ。焦らず目の前のことを一つずつこなしていけばいいさ。もちろん早く覚えるに越したことはないけどね。じゃないと、神鳥マネージャーのお叱りから逃れられないし」

あかりは吹き出してしまった。札山も笑みを浮かべている。

「頑張ります」あかりは答えた。「一日でも早くお店の役に立てるように、一生懸命に仕事を覚えます」

「じゃあ、勝負だな」

「勝負？」

「真行寺さんが仕事を覚えるのが先か、七五三さんが笑顔を見せるのが先か」札山が悪戯《いたずら》っぼくウインクしてきた。

あかりはむくれてみせる。「その比べ方はイジワルすぎます」

「冗談だよ、冗談」札山が笑った。「俺は二人に頑張ってほしいだけだ」

「七五三さんは今でも充分だと思うけどなあ」

「仕事自体はね。ただ、対人関係がちょっと……」札山が苦笑いをする。

「彼女は優しいですよ」

確かに、緑子にはぶっきらぼうなところがある。しかし、困ったときはいつもさっきのようにさりげなく助けてくれた。だからといって、あとで恩着せがましく言われたことは一度もない。

「それは知ってる」札山が頷く。「周りがちゃんと見えていて、困っている人をサポートできる子だ。君たちぐらいの年齢でああいう子はなかなかいないよ」

「私もそう思います」あかりはうれしくなった。やっぱり見る人は見ていてくれる。

「人に得手不得手があるのは当然だ。それは仕方ないと思う。でも、仕事である以上、多少は努力のあとを見せてほしいんだ。その結果がぎこちない笑顔でもかまわない。彼女の一生懸命さが見えれば、俺はいいと思ってる。彼女の今後のためにもね」

あかりはまじまじと札山を見つめた。

「どうした？」札山が不思議そうに訊いてくる。「俺、なんかヘンなこと言った？」

「すごく新鮮な言葉だと思って。バレエの世界では、結果がともなわない努力は評価されませんでしたから」

「そこで真行寺さんは一流だったんだろ」

「全然です」あかりは苦笑いした。「しょせん、私は呪いをかけられた白鳥みたいなものでしたから」

「白鳥？」

「白鳥の湖に出てくるオデットは、月光のもとでしか人間に戻ることができません。私も自分のバレエ団でしか、まともに踊ることができませんでした。それだけの才能しかなかったってことです。二十年かけて、やっとそのことが分かりました」あかりは肩をすくめた。

「だから、新しいことを始めようと思ったんです。私にもほかにできることがあるんじゃないかと思って。今さらですけど」

「バレエのことはよく分からないけど」札山があかりを見つめる。「新しいことを始めるのはいいと思うよ。その気さえあれば、人はいつでもやり直すことができるからね」

「ありがとうございます」札山の優しい言葉にあかりは感動した。ドームスをバイト先に選んで本当によかったと思った。

「応援してるよ」札山が笑みを浮かべる。

休憩室のドアが開いて、神鳥早紀が入ってきた。あかりを横目で見ながら、「こちらだったんですね」と札山に話しかける。「てっきり事務所にいらっしゃるのかと思っていました」

「どうかした?」

「野田《のだ》社長からお電話です。事務所に回してあります」

「分かった」札山が腰を上げる。「じゃあね、真行寺さん」

札山が行ってしまうと、早紀と二人きりになった。時計を見ると、休憩時間はあと五分ほど残っている。

「真行寺さん」

「はい!」反射的に背筋が伸びる。

「言い忘れてたけど、さっきまたポテトの作り方を忘れてたでしょう。これで二日連続よ。やみつきポテトはうちの主力商品なの。しっかりして」

「……すいません」

「お店にいらっしゃるお客さまにとって、あなたが新人かベテランかは関係ないの。分かるわね」

「分かります」

「だったら、早く仕事を覚えてちょうだい。接客は比較的いいんだから」

「――おはようございまーす」

休憩室に入ってきたのは、同じアルバイトの風永遥《かぜながはるか》だった。あかりより一つ年上の大学三年生だ。あかりの一か月前からバイトを始めて、すでに中心メンバーとして働いている。あかりも何度かフォローしてもらったことがあった。

「マネージャー」遥が早紀に話しかけた。「昨日はごちそうさまでした」

「どういたしまして。また行きましょうね」早紀が笑顔で返す。あかりを見た。「じゃあ、頼むわよ」と休憩室から出ていってしまう。

自動販売機で買った飲み物を取り出しながら、「マネージャーになんか言われたの？」と遥が訊いてきた。

「さっきポテトの作り方を忘れちゃって」

「あらら」遥が笑う。「でも、まだ入って一週間だからね」

「だけど、ちゃんとできる人もいますから」

「七五三さんのこと？　確かに彼女は仕事の覚えが早いわね。でも、あんなに愛想が悪いのはどうかと思うけど」

「七五三さん、優しいですよ」

「そお？　あんまりそんな感じは受けないなあ」遥が飲み物を一口飲むと、あかりの隣に腰を下ろした。「それよりさ、真行寺さんに訊きたいことがあるんだけど」

「なんですか」

「昨日もマネージャーと話してたんだけど、真行寺さんって彼氏いるの？」

「ええ？」あかりは目を丸くした。「そんなのいません！」

「そうなの？」遥が意外そうに言う。「モテそうなのに」

「私、子どものころからずっとバレエばっかりやってきましたから」

「でも、バレエって男女ペアでやったりするでしょ」

「パ・ド・ドゥの相手はあくまで踊りのパートナーです」

「恋愛に発展することは？」

「そういう人もいますけど、私はなかったです」

遥が顔をのぞき込んでくる。「もしかして真行寺さんって誰とも付き合ったことない？」

あかりは恥ずかしくて答えることができなかった。

「そうなんだね」遥が感心したように頷いた。「だったら、ヘンな男には気をつけないと」

「ヘンな男？」

「たとえば札山店長とか」

え、とあかりは思わず声をもらした。

遥が笑みを浮かべると、「さて」と腰を上げる。「そろそろお仕事に行きましょうか」

あかりは時計を見た。まもなく休憩時間が終わろうとしていた。

3

白鳥の湖、第三幕、宮廷の舞踏会――。

ハンガリー、ナポリ、ポーランド、スペイン、各国の踊りが次々と繰り広げられていく。続いて、王子の花嫁候補たちによる踊りが始まった。

王子ジークフリートはぼんやりと踊りを眺めている。しかし、王子の心はこの場にいないある女性のことでいっぱいだ。

昨晩、湖のほとりで出会った白鳥姫オデット。悪魔の呪いで白鳥にされてしまい、夜しか人間に戻ることができない美しい姫。オデットにかけられた呪いを解く方法はただ一つ、まだ誰も愛したことのない男から永遠の愛を得ること。

王子はほかの女性を選ばないとオデットに告げた。オデットに永遠の愛を捧げると誓った。だから、王妃からどの花嫁候補を気に入ったか尋ねられても、誰一人選ぼうとはしない。

そのとき、高らかにファンファーレが鳴り響いた。

あかりは一歩、前へ踏み出した。悪魔ロットバルトとともに舞台へと登場する。悪魔の娘オディールとして。

白鳥の湖では主役が、白鳥オデットと黒鳥オディールの二役を演じる。小さいころは白鳥より黒鳥が苦手だった。しかし、いつからか黒鳥のほうが気持ちを入れて演じられるようになった。自分に本当の才能がないと自覚したころからだ。どす黒い感情を引き出すほうが、純粋な気持ちで踊るより簡単になった。

ロットバルトの魔法で、王子はオディールをオデットだと錯覚する。逃げるように、寄り添うように、誘惑するようにあかりは王子と舞った。王子がオデットを裏切って愛を誓うよう仕向けるために。

しかし、あかりが本当に振り向かせたいのは王子ジークフリートではなかった。舞台袖にいる母、ゆかりだ。

——ママ。

踊りながら舞台袖を横目でうかがう。

母の視線は踊っているあかりに向いていなかった。隣に並ぶ妹のひかりを見つめている。

ひかりは黒いチュチュを着ていた。今すぐにでも舞台に上がれそうな格好だ。ひかりはあかりを指差して、母になにやらしゃべりかけている。

――あたしのほうがオディールにピッタリだと思う。

そう聞こえた気がした。

――ママもそう思うでしょ。

母が頷いたように見えた。

焦りを覚えた。いつかひかりにこの場所を奪われるのは分かっている。でも、今じゃない。

今、ここで踊っているのは私だ。

――ママ、私を見て。

舞台の真ん中に立つ。最大の見せ場、三十二回のグランフェッテ。左足を軸にして、リズミカルに回転を始める。
一、二、三――。
子どものころから回るのが好きだった。回っているうちに、心が研ぎ澄まされていくのが分かる。母にもいつも褒められた。
十、十一、十二――。
あかりの回転はすごいわ。人を惹《ひ》き込む力があるもの。そういう回転ができるダンサーは多くないのよ。あかりはきっと将来すごいダンサーになるわ。ママは本当に楽しみよ。

二十、二十一、二十二――。

いつもより身体が軽かった。回転のスピードも速い。三十二回どころか、百回でも回り続けられそうな気がした。

二十九、三十、三十一――。

突然、なにかが弾ける音が身体の中から聞こえた。

左膝の力が抜ける。踏ん張りの利かなくなった身体が遠心力で飛ばされた。

観客、王子、悪魔、妹、そして母――。

すべてがスローモーションのように視界を通りすぎていく。

誰かの悲鳴が聞こえた。

あかりも声にならない悲鳴を上げる。しかし、どこかホッとしているところもあった。

これでやっとバレエから解放される――。

目を開けると、いつもの天井があった。額に触れると、汗をかいている。そのくせ、全身は鳥肌が立っていた。

寝転んだまま、あかりはホッと息をつく。あの日の夢を見たのは、久しぶりだった。バイトで疲れているからかもしれない。

半年前にあったバレエの公演中、あかりは左膝靭帯断裂の大怪我を負って、全治六か月と診断された。当初は、日常生活にも支障が残るかもしれないと言われたが、六か月経《た》った今は普通の生活を送るには問題がないまでに回復している。

時計を見ると、まもなく正午だった。昨夜は十一時前にベッドに入ったので、十二時間以上寝ていたことになる。やはり疲れているのだろう。そろそろ準備を始めないと、バイトに遅刻してしまう。

バスルームに入って、熱いシャワーを浴びた。徐々に目が覚めてくる。細胞の一つ一つに血が通い始めるのが感じられた。

シャワーを浴びながら、頭の中でバイトの作業手順を反すうする。アルバイトを始めてから一週間以上になる。やみつきポテトぐらいはそろそろ手際よく作りたかった。

バスルームを出てリビングへ行くと、妹のひかりが一人で食事をしていた。

「おはよう」と声をかける。

「おはようじゃないよ」ひかりが冷ややかにあかりを見た。「あたしなんて学校行って帰ってきたんだからね」

「ご苦労さま」あかりは髪を拭きながら、ひかりの正面に腰を下ろした。「ママは？」

「先にレッスン場に行った」ひかりは少量の茹《ゆ》でた野菜を口に入れた。ゆっくりと何度も嚙《か》んでいる。

細い首、なだらかな肩、ほっそりとした手首――バレリーナなら誰もがうらやむものを、十四歳のひかりは持っていた。最近はビデオで観た若いころの母そっくりになってきた。きっと将来、母と同様、世界で活躍するダンサーになるだろう。

母、真行寺ゆかりは英国ロイヤルバレエ団の元プリンシパルだ。二十五歳で帰国して、自ら真行寺バレエ団を設立。二十八歳であかり、三十四歳でひかりを出産したあとも現役を続け、あかりが十二歳で初めて本公演の舞台に立った八年前、四十歳で現役を引退した。

あかりにとって真行寺ゆかりというダンサーは、憧れでもあり目標でもあった。母のようになりたくて懸命に努力を重ねてきた。そして、絶対になれると信じていた。

しかし、今ではよく分かっていた。

自分と母は根本的に違う。母は本物のバレリーナだ。あかりはどんなに頑張っても母にはなれない。そして、母になれる可能性があるのは、あかりではなくひかりだ。

母も分かっていると思う。あかりが自分で気づく前から、そう感じていたに違いない。きっかけはたぶん、あかりが十五歳のときに挑戦したローザンヌ国際バレエコンクールだ。

若手の登竜門と言われるこのコンクールには母もかつて参加していた。そのとき獲得したスカラシップで英国に留学したことが、ロイヤルバレエ団でプリンシパルになる第一歩だった。母を目標にしている以上、自分も同じように進みたいと強い気持ちを持って臨んだ。

しかし、結果は散々だった。

緊張のせいで身体がまったく動かなかった。Ｙｕｋａｒｉの娘として注目されていただけに、周囲の落胆や嘲笑は露骨だった。あかりは打ちのめされて帰国した。

母もあきらかにがっかりした様子だった。「次、頑張ればいいわ」と口では言っていたものの、コンクールに出るよう言われたことはあれ以来一度もなかった。

それでも、母は公演のたび、あかりに主役をやらせた。あかりも自分のバレエ団の公演なら、自信を持って踊ることができた。観客の評判も悪いものではなかった。

母は自分に期待もしているし、評価もしてくれている。そう思ったからこそ、高校卒業後は進学せず、バレエに打ち込める環境に身を置くことにした。

しかし、怪我をする半年ほど前から、母の関心が急激にあかりから離れていくのを感じていた。あかりへの興味が薄れるのと反比例して、母はこれまで他人に任せてきたひかりの指導に自ら積極的に関わり始めた。

ひかりを見ていると、才能のある人はこうなのかと痛感させられる。あかりがどんなに頑張っても、そう遠くない将来、ひかりに抜かれるのはもはや疑いようがなかった。

「お姉ちゃん、たまにはレッスンに顔出さないの？」ひかりが相変わらず口を動かしながら訊いてくる。

「バイトが忙しいからねえ」あかりはテーブルに置いてあったリンゴを一切れ口に放り込んだ。ひかりと同じように何度も嚙む。よく嚙むのはクセみたいなものだった。

「バイトってやみつきドームス？」

「そうよ」

「まだやってるの？」

「もちろん」

「いつまでやるつもり？」

さあ、とあかりは首をひねった。「まだ一週間だから」

「バレエはどうするの？」

「ケガがね」あかりは左膝を叩く。「完全に治ったわけじゃないし」

「お姉ちゃん」ひかりが不安そうな表情を見せた。「このまま辞めたりしないよね」

「どうかな」あかりは笑ってごまかした。

怪我から六か月が経って靭帯はつながった。しかし、心をつなげることはどうやらできそうにない。母にはまだ話していなかったが、あかりの気持ちはすでに決まっていた。

「ヤダからね」ひかりがむくれる。「次の公演だって、お姉ちゃんがいないから、あたしがジゼルやるんだよ。自信ないんだから」

「今のあなたなら充分にできるわよ」

「他人事《ひとごと》だと思ってさあ。お姉ちゃんがいれば、あたしはバティルドとかで少しは気楽にやれたのに」

あかりは苦笑いした。

『ジゼル』の中で、バティルドは主人公の村娘ジゼルが心を通わせる貴族アルブレヒトの婚約者だ。重要な役どころで、抜擢《ばってき》されれば飛び上がらんばかりに喜ぶ団員は少なくない。十四歳にしてその役を「気楽」と言ってしまえるところが、あかりとの違いなのかもしれない。

あかりがいないから自分がジゼルになったとひかりは言った。しかし、あかりがいても、今回のジゼルはひかりだったかもしれない。それぐらい、ひかりの成長は目覚ましかった。

その場合、自分はなんの役だっただろう。ミルタあたりかもしれない。結婚前に死んだ娘の霊魂ウィリーたちを束ねる女王ミルタ。娘を裏切った男たちを死ぬまで踊らせるミルタ。黒い情念を抱える役が、今の自分にはピッタリな気がした。

「大丈夫。私もジゼルやったの十四だったから」あかりは立ち上がった。「頑張ってね。本番はちゃんと観にいくようにするから」

「レッスンも来てよ」

「気が向いたらね」あかりはウインクすると、髪を乾かすために洗面所へと向かった。

＊＊＊

【売れるのは】やみつきドームスの闇を暴く【ポテトだけ】6

78：無名の店員
ヤミドはミミズの肉を使っています。

79：無名の店員
>>78　そんなことあるわけないでしょ。

80：無名の店員
ヤミドにはあるわけないがある。

81：無名の店員
>>78　ソースは？

８２：無名の店員
事務所の奥に暗証番号つきのドアがある。
その奥の部屋にミミズの肉が保管してある。

８３：無名の店員
＞＞８２　適当すぎるＷＷ

８４：無名の店員
適当じゃないのはバイト経験者なら分かるはず。

８５：無名の店員
＞＞８４　部屋があるのは事実です。
でもミミズの肉なんてありません。

８６：無名の店員
あの部屋には放射線で肉を殺菌する装置が設置されている。

その機械で病原菌だらけのミミズの肉を殺菌している。

87：無名の店員
>>86　君、バカなの？
そんな装置が必要なら、そっちのが高くつくじゃん。
その時点であきらかにウソってバレバレなんだけど。

88：無名の店員
あそこってちょっと前にバイトが自殺したんだよね。
イジメだって噂があったんだけど店長がもみ消したってさ。

89：無名の店員
>>88　その話、マジ？

90：無名の店員
>>89　去年までバイトしてた奴から聞いた。

91：無名の店員
店長のFはロクでもない人間です。もみ消しぐらい平気でします。
そういうことができなくなるのでチェーン展開をしないのです。

92：無名の店員
>>91　Fさんはもみ消しなんかしません。
あれは自殺ではなく事故死です。
チェーン展開はできないのではなくしないのです。
手広くやってサービスが悪くなることを恐れているからです。

93：無名の店員
Fはイケメン。イケメン・イズ・ジャスティス。

94：無名の店員
>>92、93　店長、自演乙。

95：無名の店員
私はやみつきドームス大好きです。
やみつきポテトはホントに一度食べたらやみつきです。
週三回は学校帰りに食べてます。

96：無名の店員
＞＞95　バイトさんも大変だねえＷＷ
この書き込みは時給とは別？

97：無名の店員
やみつきドームスの女の子はみんなカワイイですよね。
終わったあと、ついついあとをつけたくなっちゃいます。

98：無名の店員
出た。まさかのストーカー宣言ＷＷ

4

従業員通用口から飛び出すと、あかりは駅のほうへ向かった。

空は夕焼けで赤く染まっている。昼間の暑さがまだ残っているせいで、軽く駆け足をしただけで汗ばんできた。

駅前の繁華街は行き交う人でにぎわっていた。人混みの先に、大きなネコの顔が描かれたリュックが見え隠れしている。

「七五三さん」あかりは背後から声をかけた。

緑子が振り返る。あかりを認めると、不審そうに眉をひそめた。「どうした」とかまえるように訊いてくる。

勢いで声をかけたものの、一瞬、あかりはためらってしまった。それでも勇気を振り絞って、「時間あったら、どっかでお茶でもしない？」と誘ってみる。

「お茶？」

「うん」

「私と？」

「そう」

「私とお茶なんかしてどうするんだ」

「どうするって……」あかりは戸惑ってしまった。「同じ時期にバイト始めたし、仲良くできたらいいなと思って」

「仲良く……」緑子が独り言のようにつぶやく。

「……イヤかな」

「違う、違う」緑子があわてたように否定した。「イヤじゃない。ただ、ちょっと——」

「ちょっと？」

緑子の視線がふと、あかりの背後に向いた。驚いたように目を丸くする。

後ろを見ると、一人の男が立ち止まってこちらを眺めていた。ソフト帽にサングラス、赤シャツに白ネクタイという派手な格好をしている。三十代半ばに見えるが、実際はもう少し上かもしれない。あかりの視線に気づくと、男は笑みを浮かべた。

「知り合い？」と緑子に訊く。

「まさか」緑子はあわてたように否定すると、「そうだ。お茶だったな。よし、行こう」とあかりを促して歩きだした。

駅の裏側にある喫茶店に入る。窓際の席に着いた。

「この時間だと、本当は熱かんがいいんだけどな」運ばれてきたコーヒーをすすりながら緑子が言う。

「七五三さんはけっこう飲むの？」

「熱かんならそこそこいける。真行寺は？」

「飲んだことない」

「ホントか」緑子が目を見開く。「苦手とかじゃなくて？」

「お酒自体を飲んだことがないの」

緑子があきれたように笑った。「真行寺はずいぶんとマジメに育ってきたんだな」

あかりはため息をつく。「私、バレエしかやってこなかったから。そういう経験が全然ないんだよね」

「バレエは小さいころから？」

「物心ついたときには踊ってた。ママがバレリーナだったの」

「真行寺バレエ団はけっこう有名らしいな。真行寺はそこで主役をやってたんだろ」

「たいしたことないよ。私はママの七光だもん」

ふーん、と緑子がコーヒーカップに口をつける。「七光でも主役はすごいと思うけどな」

あかりは首を振った。「本物は全然違うから。そういうのを目の当たりにすると、自分は才能がないんだって痛感する。妹を見ると思うんだよね。あの子は私と違って、ママの血を受け継いでるから。私とは生まれ持ったものが違うの」

緑子はしばらくあかりを見つめていた。「いろいろと大変なんだな」と肩をすくめる。「それでバレエを辞めることにしたのか」

「自分の限界を悟ったからね。ケガもしちゃったし、ちょうどいいかなと思って」

「長年やってきたのに、そう簡単にあきらめられるのか」

「長年やってきたからこそ、あきらめが肝心なの。これからの主役は私より妹のほうがふさわしいから」

不思議だが、緑子にはなぜか素直に話すことができた。同年代の子たちより、落ち着いて見えるからかもしれない。

「でも、バレエは主役だけじゃないんだろ。ほかの役じゃダメなのか」

「ダメなの」

「どうして？」

「真行寺ゆかりの娘として端役では舞台に立てないから」

緑子が意表を突かれた表情を見せた。「なるほど」と口元をゆるめる。「今日で真行寺のイメージが変わったよ」

「今まではどう思ってたの？」

「《ただのどんくさい奴》だと思ってた。でも《どんくさいだけじゃない奴》に変わった」

「ひどーい」あかりは笑ってしまった。

緑子も白い歯を見せて笑う。

「あ、その顔。レジにいるときも、そうやって笑えばいいのに」

緑子があわてたように視線をそらす。「……それはムリだ。私の笑顔なんか見ても、客は気持ち悪いだけだ」

「そんなことないよ。笑ったほうが断然カワイイし」

「そんなわけあるか」緑子が怒ったように顔を背けた。「そんなこと、そんなことあるわけが……」と声が段々と小さくなっていく。耳まで真っ赤になっていた。

「もしかして照れてる？」

「照れてなんかいない！」緑子がムキになって言い返す。

あかりはつい吹き出してしまった。たわいもない会話をしているのが楽しかった。

そのあとはドームスでの仕事について、緑子からレクチャーを受けた。どうすれば作業手順を忘れにくいか、忘れたときはとっさにどう思い出すか、無駄のない動きをするための工夫など、あかりにとっては目からうろこの話ばかりだった。

「——すごいね、七五三さん」あかりは素直に感心した。「そういうのって誰かが教えてくれたの？」

「子どものころから、自分で家事をしてきたからかな」緑子がメガネを直しながら答える。「家事のコツもバイトのコツも基本的には似てるんだ。なぜその作業が必要かを理解して、どうすれば効率よくできるかを考えれば、たいていはうまくいく」

緑子が左腕の腕時計に目をやった。文字盤にはネコのキャラクターが描かれている。

「ネコ、好きなの？」

「人間よりは」緑子が薄く笑った。「話は変わるけど、真行寺は店でのイジメの噂を聞いたことがあるか」

「イジメ？　そんなのあるの？」

「ないならいい」緑子がネコのリュックを手に取る。「悪いけど、そろそろ行くぞ」

「あ、私も出る」あかりはカバンを持って腰を上げた。

「ありがとう」突然、緑子がそう告げた。

「え？」

「誘ってくれて」緑子は背中を向けると、店の出口へとさっさと行ってしまった。

「待って」あかりはあわててあとを追いかける。

喫茶店を出ると、外はずいぶんと暗くなっていた。

「じゃあな」

「バイバイ」

行きかけた緑子が足を止めた。

目の前に、くたびれたスーツ姿の男が立っていた。艶《つや》のない髪には白髪が交じっている。

男は口を斜めにしながら、「よお」と緑子に向かって右手を挙げた。「久しぶりだな。おじさんのことが分かるかい」

「藪《やぶ》田、さん……」緑子がつぶやくように答える。

「そうだ。藪田のおじさんだよ」男が黄色い歯をむき出しにした。額のシワが深くなる。

「十二年ぶりか。緑子ちゃんは大きくなったな。おじさんはすっかり老けちゃったよ」

「……なにか用ですか」

藪田は答えずにあかりを見た。「バイト先のお友だちかい」

緑子が目を見開く。「どうして知ってるんです」と問い詰めるように質問する。

「どうしてだろうなあ」藪田がニヤつく。「二人ともヒマかい。ヒマならおじさんがメシでも奢《おご》ってやろうか」

「けっこうです」緑子がすぐに答えた。「行こう、真行寺」と先に立って歩きだす。

あかりは急いで横に並んだ。

「そりゃ、残念だ」藪田の笑い声が背後から聞こえてくる。「それじゃ、シメリュウに伝えといてくれ。近いうちに飲もうってな」

横目でうかがうと、緑子は険しい表情で前方を見つめていた。

5

「では、乾杯」札山がグラスをかかげる。

「かんぱーい」とそれぞれがグラスをあわせた。

あかりもビールのグラスを隣の緑子とあわせる。同じテーブルにいる神鳥早紀と風永遥とも遠慮がちに乾杯した。

あかりと緑子の歓迎会だった。駅前の繁華街から道を一本入ったところにある『和食居酒屋・高月《たかつき》』という店に来ていた。店長の高月と札山が昔からの友人だという。

シフトに入っているアルバイトを除いた十五人が参加していた。座敷に四つあるテーブルに分かれて座っている。札山はあかりから一番離れたテーブルに着いていた。

乾杯したグラスをしげしげと眺める。自分がビールを手にしていることが不思議だった。

「飲まないの？」早紀が訊いてくる。胸元が大胆にカットされたワンピースを着ていた。普段の制服と違って、ずいぶんと大人っぽく見える。

「飲みます」あかりはグラスに口を近づけた。

「ムリするなよ」緑子が横から言う。

「大丈夫」と答えると、あかりは中身を一気にあおった。

「あ、バカ――」

味はよく分からなかったが、喉が急に熱くなってくる。

「平気か」緑子が心配そうにのぞき込んできた。

あかりはしばらく待ってから、「平気みたい」と笑った。

「平気ってなに？」遥が不思議そうに訊いてくる。

「この子、初めてお酒を飲むんで」緑子が答えた。

「え？」遥と早紀が同時に声を上げる。

「やっぱりヘンですかね」あかりは訊いた。

「まだ二十歳だからヘンじゃないけど、めずらしくはあるかな」遥が答える。

「バレエをやってたから？」早紀が空いたグラスにビールを注《つ》いでくれた。

「すいません――それが一番大きいですね。そもそも飲む機会がなかったですけど」

「もしかしてこういうモノも食べないの？」早紀がテーブルを見渡した。大皿料理がところせましと並べられている。

「以前はそうでした」

「そこまでしなきゃ、そのスタイルは維持できないのね」早紀が感心したように言った。

「私にはムリだわ」

「マネージャー、スタイルいいじゃないですか」遥が口を尖《とが》らせる。

「よくなんかないわよ」早紀が苦笑いする。「真行寺さんと比べたらデブもいいとこだわ」

「マネージャーがデブだったら、私なんかブタです」

「あなたと私じゃたいして変わらないじゃない」

「変わりますよ」

「二人とも太ってるようには見えませんけど」あかりがそう伝えると、「あんたが言うな」と同時に突っ込まれた。あかりは首をすくめた。

すいません、と緑子が料理を運んできた店員を呼び止める。「熱かんをもらえますか。おちょこは一つで」

「おちょこ、二つください」あかりは言った。

緑子が驚いた顔を見せる。「飲むのか」

「うん」

「酔っぱらっても知らないぞ」

「酔ったら七五三さんに送ってもらう」

「イヤなこった」

「二人は仲良いのね」遥は目の周りが早くも赤くなっていた。肩までない短い髪をはらう。

「はい」とあかりが答えるのと、「そうでもないです」と緑子が強く否定するタイミングが一緒になった。

気まずい空気が流れる。

喫茶店で話をして以来、距離が縮まった気がしていたが、緑子はそうでもなかったらしい。あかりは少々がっかりした。

「真行寺さんも食べたら？」早紀が場を取りなすように口を開く。「今は気にする必要ないんでしょ」

「そうよ、そうよ」遥が同調する。「食べて少しは太って。じゃないと、一緒にレジにいるとき、ミジメになっちゃう」

「そう考えると、七五三さんは細いわよね」早紀が緑子を見た。

「私ですか」緑子が訊き返す。

「真行寺さんと一緒にいても太く見えないもの」

「単に痩せっぽちなだけです」店員が持ってきた熱かんを受け取りながら、緑子が薄く笑う。

二つのおちょこに日本酒を入れると、片方をあかりに渡してくれた。

「ありがと」

「本当に料理も食べてね」早紀があかりを見る。「ここは天ぷらが評判なの。開店当初はガラガラだったんだけど、天ぷらがクセになるって噂が広がってから人気店になったのよ」

「いただきます」

あかりはエビの天ぷらを箸《はし》でつまんだ。評判の天ぷらとはどういうモノだろう。期待しながら口の中に放り込む。

あれ……？

衣がしんなりしていた。エビも小さい。天ぷらを食べ慣れていないせいもあるだろうが、そこまでおいしいとは思えなかった。

「微妙な味でしょ」早紀が笑いながら言う。「それがこの店の天ぷらの不思議なとこなの」

「不思議？」

「最初はいまいちなの。でも、しばらくすると無性にまた食べたくなってくるの。クセになるってやつね」

「おいしくないのにですか」と言ってから、あかりはあわてて続けた。「あ、いや、おいしくなくはないですけど――」

「いいのよ。私だって最初はちっともおいしいと思わなかったから。でも、断言してあげる。絶対にまた食べたくなるから」

あかりはテーブルに置かれた天ぷらの大皿を見た。また食べたくなるとは、にわかには信じられない。

「楽しんでる?」

見上げると、札山がグラスを持って立っていた。

「はい」あかりは返事をした。

「七五三さんは?」

緑子がおちょこをかかげる。「タダ酒がいただけて満足です」

「そりゃよかった」札山が笑いながら、あかりの隣に腰を下ろした。

一瞬、肩が触れる。急に顔が火照《ほて》ってきた。ごまかすために、グラスのビールを一気にあおる。

「意外と飲めるんだな」札山がビール瓶を差し出してきた。

「ありがとうございます」あかりはグラスに手を添えた。

「勧めないほうがいいですよ」早紀が横から口をはさむ。「彼女は今日、初めてお酒を飲んだそうですから」

「え、マジで？」札山が目を丸くする。ビール瓶を引こうとした。

「大丈夫ですから」あかりは急いで言った。「酔ったら、七五三さんに送ってもらいます」

緑子が肩をすくめる。

札山はグラスに半分だけビールを注いでくれた。あかりも注ぎ返す。人生で初めて他人にお酌をしていた。

「店長から見て、二人の働きぶりはどうですか」早紀が訊いた。

「二週間だと考えたら充分だろ」

「私はもう少し頑張ってほしいと思ってるんですけど」

「神鳥さんは厳しいな」

「うちは私と店長以外、全員アルバイトですから」早紀が言い返した。「彼女たちの頑張りが必要なんです。期待の裏返しです」

「分かってるよ」札山が苦笑いする。「でも、厳しいよな」とあかりに同意を求めた。

「マネージャーのおっしゃることは当たってますから」あかりは答える。「イヤだとは思いません」

早紀が厳しいのは確かだった。しかし、店をもり立てたいという気持ちが伝わってくるので、素直に耳を傾けることができる。

「そう思ってくれるとうれしいわ」早紀がほほ笑んだ。

「あの――」緑子が手を挙げる。「店長に訊きたいことがあるんですが」

「なに？」札山が問い返した。

「バイトの子がイジメで自殺したって本当ですか」

あかりは思わず緑子を見やった。

緑子は落ち着いた様子で日本酒を口にしている。あかりは先日、緑子からイジメについて質問されたことを思い出していた。

「私もその噂は聞いたことがあります」遥が口をはさむ。「屋上から落ちた際、その子が何人かに囲まれていたという噂も聞きました」

札山がグラスを置いた。「どこで噂を耳にしたかはあえて訊かないことにするよ。犯人捜しはしたくないからね」と前置きしながらほかのテーブルを見やる。「二か月前、バイトの子が亡くなったのは事実だ。しかし、あれは単なる事故だ。警察もそう判断している」

「その噂、ネットでも流れてるのよね」早紀がため息をついた。「彼がどういう状況で亡くなったのかを知れば、すぐにデマだって分かることなのに」

「どういう状況で亡くなったんですか」緑子が質問する。

札山と早紀が視線を交わした。

「俺たちの口から言うのはちょっとね」札山が肩をすくめる。「ただ、あれは事故以外のなにものでもない。彼が自らの不注意で屋上から転落したんだ。その際、誰かが屋上にいたなんて話もデマだ」

「じゃあ、店でのイジメはなかったんですね」緑子が改めて訊いた。

「ない」札山が断言する。

「よく分かりました」

札山が遥を見た。「風永さんは分かってくれた？」

「一応は」遥が答える。

「一応でも分かってくれたならよかった」札山が笑みを浮かべた。「だいたい、うちの店でイジメなんて起こりっこないんだ。そんなものがあったら、俺が絶対に許さないからね」

6

手洗いを出ると、足元がフラついた。少し酔ったらしい。しかし、気分は悪くない。

初めての宴会は、あかりにとってすべてが新鮮だった。にぎやかな店内にいると、遊園地にでも来た気分になる。周囲の話を聞いているだけでも楽しかった。アルコールも意外とイケる口らしく、けっこう飲んだがまだまだ飲めそうな気がしていた。

奥の座敷に戻ろうとすると、札山が手前のカウンター席に座っているのが目に入った。中の男性と話している。あかりに気づくと笑顔を向けてきた。「座る？」と隣の席を見やる。心が弾んだ。「はい」と応じてそそくさと腰を下ろす。

「なんか飲む？」

「店長はなに飲まれてるんですか」

「レモンサワーだよ」

「じゃあ、私も」

了解、とカウンターの中の男性が答えた。

「ここの店長の高月だよ」札山が顎で示す。「俺とは昔からの腐れ縁なんだ」

「初めまして」あかりは頭を下げた。

「こちらこそ」高月が笑いかけてくる。目が細くて前歯が突き出ていた。「ちょうど君の噂をしてたところだったんだ。ずいぶんとキレイな子が入ったんだなって」

「そんな……」あかりは照れてしまった。

「バレエをやってたんだって？」

「そうです」

「うちの娘にもやらせようかな」

「おまえの娘じゃムリだろ」札山がからかうように言った。「あんなにおまえにそっくりなんだから」

「ひどいなあ、札山くん」高月が苦笑いする。「うちの嫁に怒られるよ――はい、どうぞ」

「ありがとうございます」あかりは手渡されたグラスを受け取った。

高月が行ってしまうと、札山と二人きりになった。途端に緊張してくる。

「ここはオープンがうちと同じ五年前でね」札山のほうが先に口を開いた。「開店当初はどっちも経営が苦しくて、先につぶれたほうが相手を手伝おうって話してたこともあった」

「店長はどうしてドームスを始めたんですか」

「ファストフードは俺の夢だったんだ」

「夢？」

「うちは親父がいなくてね。お袋が女手一つで三人の子どもを育ててくれた。驚くほど貧乏だったから、三食とも米だけなんてこともザラだったよ。だから、中学三年になるまで、ファストフードに行ったことすらなかったんだ」

札山は懐かしむような顔をしていた。

「あの日は、地元の先輩にハンバーガーとポテトを奢ってもらってね。そのときの衝撃は今でも覚えてるよ。世の中にこんなにうまいものがあるんだって泣きながら食ったからね」

札山が白い歯を見せる。

「あのとき、心に誓ったんだ。いつか俺もハンバーガーとポテトを売ってやるって。だから、出資してくれるって人が見つかったとき、迷わずファストフード店を立ち上げたんだ」

「すごいですね」あかりは素直に言った。「夢を実現するなんてすごいと思います」

「ハンバーガーとポテトなんてガキみたいだけどね」

「そんなことありません。ステキだと思います」

「ありがとう」札山が笑みを浮かべる。「そう言ってもらえるとうれしいよ」

札山がどれぐらい貧乏な子ども時代を送ったのかは分からない。話を聞くかぎり、生活はかなり苦しかったのだろう。そこから這《は》い上がるのは、並大抵のことではなかったはずだ。

「私とは違いますね」

「ん？」

「私は途中で夢を投げ出しましたから」

「真行寺さんは精いっぱい努力したうえで見切りをつけたんだろう」

「……そのつもりですけど」

「だったら、投げ出したとは言わないんじゃないかな」

あかりは札山を見た。瞳に優しげな色が浮かんでいる。

「挫折したからって自分を卑下する必要はないよ。やり直せばいいんだ。その気になれば、人生はいつだってリセットできる。俺だってやり直したようなもんだからね」

「——ここにいらしたんですか」

振り向くと、早紀がやってくるところだった。

札山が片手を挙げる。あかりも会釈をした。

「まもなくお開きの時間です」

「もうそんな時間か」札山が腰を上げる。「トイレに行ってから戻る。先に行っててくれ」

札山がいなくなると、早紀があかりのほうを向いた。「あなた、天然そうに見えて意外としたたかなのね」

「え？」

早紀は一人でさっさと座敷のほうへ行ってしまう。

あかりはぼう然としてしまった。

「くく——」不意に笑い声が聞こえた。

カウンターの端に座っている男が肩を震わせている。ゆっくりとこちらを振り返った。

「あ――」

ニヤついた口元に見覚えがあった。緑子と一緒にいたとき、声をかけてきた白髪交じりの男だった。緑子は《藪田》と呼んでいた。

「年上の嫉妬は怖いぞ」藪田がからかうように言う。「特にああいう女は思い詰めると怖いからな。お嬢ちゃんも気をつけろよ。いきなりブスッとやられるかもしんねえぞ」

ほかの客がこちらをうかがっている。恥ずかしさで顔が熱くなった。

「やめましょうよ、藪田さん」カウンターの中に高月の姿があった。「若い子、からかってどうするんすか」

「ブサイクのくせになに紳士ぶってんだよ」藪田が鼻で笑う。「おまえだって思っただろうが。さっきの姉ちゃん、完全にこのお嬢ちゃんに嫉妬してたよな」

あかりは藪田に生理的な嫌悪感を覚えた。声を耳にするだけで鳥肌が立ちそうになる。

「だからって、藪田さんには関係ないでしょう」高月が言い返した。

「お嬢ちゃんのためを思って言ってるんだ」藪田があかりに笑いかけてくる。「なあ、お嬢ちゃんもそう思っただろう。あのクソババア、こわーって」

「――うちのアルバイトに汚い言葉で話しかけないでもらえますか」

いつの間にか札山が戻ってきていた。あかりの側《そば》まで来ると、冷たい目で藪田を見つめる。

「これはこれは。札山せんぱいじゃないか」藪田が黄色い歯をむき出しにした。「こんなとこで会うなんて偶然だなあ」

「しらじらしいのはやめてください」

「なにがしらじらしいんだ。俺はこの店の常連だぜ。クソまずい天ぷらが好きなんだよ」

「行こう」札山があかりの背に触れた。「こういう柄の悪い人は相手にしないほうがいい」

「ずいぶんだな、札山。おまえだって同じようなもんだろう」

「あなたと一緒にしないでください」

「立派になったもんだぜ」藪田が痰《たん》の絡んだ声で笑う。「でもな、札山――」と目を細めた。

「おまえみたいな奴がいつまでも成功者でいられると思うなよ」

「負け惜しみですか」

藪田があかりを見る。「お嬢ちゃんにも忠告しといてやろう。こういう男には気をつけたほうがいいぞ」

「ご忠告ありがとうございます」あかりは無表情で答えた。

「本気にしてねえな」

「本気にするかどうかは自分で決めますから」

「行こう」札山が耳元でささやく。「こんな人の話を聞く必要はない」

あかりは頷くと、札山と一緒に奥へ向かった。

一度振り返ると、藪田が笑いながらおちょこをかかげてくる。

札山の横顔をうかがった。いつもより険しい表情をしている。

いったい藪田とはどういう関係なのだろう。

気にはなったものの、さすがに訊くことはできなかった。

7

ゆっくりとドアを三回ノックする。

「……誰だ」しばらくして警戒するような応答があった。こちらが名乗ると、「お」と驚いたような声が上がる。

「ちょっと待ってくれ」

鍵の外れる音がしてドアが開いた。

私の顔を見ると、「よお」と名波幸一《なみこういち》が握手を求めてきた。私もその手を握り返す。

「こんな夜中にどうしたんだ」名波は質問しながら、私の横に立っている女に目を向けた。

値踏みするように眺める。

「ＡＶに興味があるらしいから連れてきたんだ」

「ほう」名波が目を細めると、身体を横にずらす。「入んな」と顎で部屋の中を示した。

名波が経営しているのは、『レモンエンジェル』というＡＶ女優専門の事務所だ。大手制作会社からの依頼を受け、適したＡＶ女優を派遣する仕事だった。仲間うちでは年商が二億とも三億とも噂されているが、本人は絶対に本当のことを話そうとしない。

アダルト関連と聞いただけで一般の人は裏ビジネスと考えがちだが、レモンエンジェルは法人登録もして税金もきっちり納めている。充分に表のビジネスと言ってよいものだった。

「一番奥の部屋だ」名波が言った。

手前の事務所スペースを横切ると、倉庫の入り口のようなドアに手をかける。振り返ると、女がすぐ後ろについてきていた。大きな目が印象的だが、中の瞳は虚《うつ》ろだった。

ドアを開けて部屋へと入る。

十畳ほどの空間が広がっていた。天井から裸電球が一つぶら下がっている。壁際にシーツの乱れた安物のパイプベッドが置いてあった。手前に三脚に載ったカメラが設置してある。

殺伐とした光景に背筋がぞわりとした。

自らＡＶ女優になった女ばかりではなかっただろう。ダマされて連れてこられた女もいたはずだ。借金に困って出演を決めた女もいたに違いない。恨みや怨念が部屋中に渦巻いている気がした。

不意に息苦しさを覚える。大きく息を吸おうとしたが、青くさい精液のにおいが鼻先をかすめた気がしてあわてて口を押さえた。

私の横を女がすり抜けていく。急ぐわけでもなくためらうわけでもなく、普通の足取りでベッドのほうへ歩いていった。

「まさか女を紹介してくれるとはな」

部屋のドアに名波がもたれかかっていた。「てっきり金を借りに来たのかと思ったぜ」と告げるとカメラの前へと行った。「ベッドに座ってくれ」と女に話しかける。

女は言われたとおり、ベッドに腰を下ろした。

「金の件はもう目処《めど》がついた」私はそう告げる。

「誰から借りた？　社長か」

「銀行だよ」

「銀行？」名波がこちらを向いた。しばらくのあいだ、不思議そうに私を眺めている。

背中を嫌な汗が伝っていった。

「銀行ね」名波が鼻で笑う。「闇金をいつから銀行って呼ぶようになったんだ」

「そんなところから借りるわけないだろう」

まあいい、と名波が口を斜めにする。「そういうことにしとこう」と言ってカメラをのぞき込んだ。「よし」と顔を上げると、「今から演技指導をするぞ。いいな」と女に向かって声をかける。

女が頷いた。

「いい子だ」名波が歯を見せて笑う。ベッドへ近づいていくと、女の前で足を止めた。「緊張してるんじゃないか」

女が首を横に振る。

「ごまかさなくていい。これをやるから使ってみろ」名波がポケットから出したのは、小さなビニール袋だった。

女は受け取ろうとしない。

「怖がらなくていい。これはハピハピだよ」

ハピハピは痩せるという噂から現在流行している《危険ドラッグ》だった。以前は脱法ドラッグや合法ドラッグと呼ばれていたものだ。名波はハピハピを市場の半値程度で女優たちに提供している。レモンエンジェルで女優の移籍が少ない理由の一つだった。

女は返事をしなかった。

「おい、聞いてるのか」名波が苛立ったように言う。「これをやるって言ってるんだ」と小袋を突き出した。

女が目だけで名波を見上げる。「いらない」と短く答えた。

名波が舌打ちした。女の肩を乱暴に小突く。女がベッドに倒れ込んだ。名波がシャツのボタンを外しながら女の上にまたがる。

おい、と名波が顔だけこちらに向けた。「カメラが撮れてるかちゃんと見とけ」

「分かった」私はカメラの側に寄った。そっと電源を切る。ポケットに手を突っ込んだ。

名波がシャツに続いてズボンを脱ぎ捨てる。全裸で胸を張った。薄暗い照明の中で肌が黒光りしている。

「舐《な》めろ」

女が身体を起こした。

私は歩きだした。女と目が合う。先ほどまでと違い、女の目には生気が宿っていた。

私はポケットから手を出した。握ったレンチを名波の後頭部に叩きつける。

鈍い音が響いた。

名波が前方へ倒れそうになるのを、女が片手で押さえる。

次の瞬間、名波がのけ反って絶叫した。

私はあわてて名波の口を押さえると、ベッドに引き倒した。

名波の股間に突き立つ物があった。根元まで突き刺さったナイフだ。血が噴水のようにあふれ出している。

私は顔を伏せた。吐きそうになるのを必死でこらえる。

名波は目を見開いていた。けいれんするように全身を何度も震わせている。反応は徐々に弱くなっていった。

名波が動かなくなったのを確認して、私はゆっくりと手を放した。

部屋の入り口で物音が聞こえた。

振り返ると、一人の男がドア枠をくぐるように部屋に入ってくるところだった。大柄な身体に似合わない俊敏な動きで私の側まで来る。ベッドの上を一瞥すると、「気は済んだか」と女に向かって訊いた。

女が首を縦に振る。顔には血が飛び散っていた。

男が頷く。「じゃあ行け。表に車が待ってる」

「ここはどうするんです？」私は訊いた。

「こっちで始末する」男が答える。

「分かりました」私は女を見た。「行こう」と手を伸ばす。

女は私を無視すると、床に足を下ろした。ベッドのシーツで顔をぬぐうと、部屋の出口へ向かって一人で歩きだす。

私はため息をつくと、そのあとを追った。

＊＊＊

【喧嘩】東京ピエロ今昔物語【上等】62

646：名もなき外道
名波幸一（ななみ・こういち）（30）
AVプロダクション『有限会社レモンエンジェル』社長

647：名もなき外道
>>646　誰なの?

648：名もなき外道
>>647　ググれ。

６４９：名もなき外道
１２日午後３時半過ぎ、足立区綾瀬の芸能プロダクション・レモンエンジェルの事務所内で男性の刺殺体が発見された。被害者は同社社長、名波幸一さん（３０）。警視庁綾瀬署によると、死亡推定時刻は前夜の午後１１時から１２時と見られている。名波さんは後頭部を殴打されたのち、下腹部を刺されていることから、同署は殺人事件と断定して、名波さんの交友関係を中心に捜査を進めている。
http://xxxxxxx/xxxxxxx/xxxxxxx/xxxxxxx/

６５０：名もなき外道
>>６４８　これがなに？

６５１：名もなき外道
ＡＶは芸能になるんだねＷＷ

６５２：名もなき外道

名波幸一（ななみ・こういち）（３０）
ＡＶプロダクション『有限会社レモンエンジェル』社長
元東京ピエロ・第五世代メンバー

６５３：名もなき外道
＞＞６５２　マジか!!

６５４：名もなき外道
ヤバい。これはヤバいぞ。

６５５：名もなき外道
ヒャッハー！　ヤッチマイナー！

６５６：名もなき外道
みんな、落ち着けよ。
この被害者、ＡＶ関係者だぞ。

そっちのトラブルの可能性が高い。

657：名もなき外道
＞＞656　トーシロは黙ってろ。

658：名もなき外道
俺の情報では、現時点でG5が上とやりあってるって話は聞こえてこない。
おそらく別のトラブル。

659：名もなき外道
なにも知らないくせに事情通ぶる奴。

660：名もなき外道
＞＞659　おまえこそなに知ってんの。
俺のソースはカンパニーの中枢に近いんですけど。

661：名もなき外道
＞＞660　はいはい。
厨二病のニートくんは黙っててね。
格ゲーで世界征服でもしてください。

662：名もなき外道
警察は被害者の過去を知ってるのかね。

663：名もなき外道
＞＞662　アタリマエダロ。

664：名もなき外道
＞＞662　ピエロ出身者は一生警察にマークされる。
引退後にどうしてるかは無関係。
警察は性悪説信者。

665：名もなき外道
戦争ワクワク♪

第二章

1

午後二時半を回ったところだった。昼ラッシュが終わり、補充や席の片づけも済んで、放課後の高校生が来店するまでひと息つける時間帯だ。店内も比較的、空席が目立っている。

あかりはレジから前の道路を眺めていた。以前、緑子から「レジにいるときは外を意識するといい」と教えてもらったからだ。人の流れや店に入ろうとするお客を把握することで、いろいろな面で事前に準備を整えることができるという。

店が空《す》く時間は表の人通りも少ない。人が増えてきたと思うと、店内も混み始める。考えてみれば当たり前のことだが、緑子に言われて初めて意識するようになった。

たかがバイト、されどバイトだ。マニュアルどおりに動くだけでも仕事はこなせるが、少し頭を使うだけでいろいろと見えてくる。

今日は風が強かった。髪やスカートを押さえている女性が多い。

こういう日はどういうものが売れるのかなあ。

ぼんやりそんなことを考えていると、表からこちらを見ているスーツ姿の男性に気がついた。赤シャツに白ネクタイ、頭にはソフト帽、顔には丸いレンズのサングラス――。

あれ……？

どこかで見た記憶があった。

あかりの視線に気づくと、男の表情がパッと明るくなった。うれしそうに手を振ってくる。

あかりは戸惑ってしまった。

次の瞬間、男が急に顔を伏せた。そそくさと逃げるように歩きだすと、あっという間に姿が見えなくなってしまう。

「どうした？」

振り向くと、出勤してきたばかりの緑子が立っていた。黒縁のメガネを直している。

「今、表におかしな人がいて……」

「おかしな人？」

「どっかで見た気もするんだけど……」

「――真行寺さん」

「はい！」あかりは背筋を伸ばした。

早紀が冷ややかにあかりを見ている。「おしゃべりしてるヒマがあるなら、表でチラシでも配ってきてくれる？」

「分かりました」

「私が行きます」緑子が手を挙げた。

「七五三さんはレジに入ってちょうだい」

一方的にそう告げると、早紀は奥へと行ってしまう。

あかりは肩をすくめた。「また怒られちゃった」

「すまない。私が話しかけたからだ」

ううん、とあかりは首を振った。「じゃあ、行ってくるね」

クーポンの束を手に取ると、あかりは表へ出ていった。

思っていた以上に風が強い。帽子をかぶり直すと、クーポンを胸に抱えた。「やみつきドームスです。よろしくお願いします」と歩いている人たちに一枚ずつ配っていく。

初めてやったときは、声を出すのすら恥ずかしかった。受け取ってもらえなかったり、嫌な顔をされたりするたびに落ち込んでいたが、今ではすっかり慣れてしまった。

「一枚ちょうだい」と中年の女性に声をかけられる。

「どうぞ」と笑顔で渡した瞬間、突風が吹き抜けていった。

あわてて頭を押さえようとしたが遅かった。風で飛ばされた帽子が、アスファルトの上を勢いよく転がっていく。

「あらあら」と女性がおかしそうに笑った。

「失礼します」あかりは女性に頭を下げると急いで駆けだした。

帽子は右に弧を描くように転がっていき、すぐ側にあるビルのあいだへと消えていった。

ホッと息をつく。遠くまで飛ばされたらどうしようと思ったが、あれならなくなることはなさそうだ。

足をゆるめると、近くまで行ってビルのあいだをのぞき込む。

いきなり「はい」と帽子が差し出された。

あかりはあ然としながら、「……どうも」と受け取った。

「今日は風が強いねえ」にこやかに言ったのは、先ほど表からあかりを見ていた男だった。

近くで見ると、けっこう背が高い。

「怪しい者じゃないからね」男は自分からそう言った。サングラスをずらしながら、「ドームスで僕の知り合いが働いてるんだ」と店のほうをうかがう。「ほら、今レジにいるムスッとした女の子」

見なくても誰のことを言っているのかは分かった。「七五三さんですか」

「そうそう」男がうれしそうに頷く。

あ、とあかりは声を上げた。「あなた、前に駅前で――」

「お、よく覚えてたね」男が顔をほころばせる。

初めて緑子を喫茶店に誘ったとき、離れた場所から眺めていた男だった。服装もあのときと同じだ。これほど派手な相手をすぐに思い出せなかった自分に少々あきれてしまう。

「だから、怪しい者じゃないからね」

《だから》の意味が分からなかったが、あかりはとりあえず頷いた。

「七五三さんになにかご用ですか」

「違うよ。たまたま近くに来たから寄っただけ」

「お店にいらっしゃればどうです？」

「ムリムリ」男があわてて首を振った。「そんなことしたらぶっ飛ばされちまう」

「ぶっ飛ばされる？」

「とにかく僕は怪しい者じゃないからね。それと僕がここにいたことは彼女に言わなくていいから。ていうか、言わないで」

あかりが振り返ると、レジから緑子がこちらを見ていた。

「すでに気づいてると思いますけど」

男はサングラスをかけ直すと、「じゃあね」と言い残してあっという間にいなくなってしまった。

「なんだったの……？」あかりはしばらくその場に立ち尽くしていた。

気を取り直して持ってきたチラシを配り終えると、あかりは店の中へ戻った。ブラシを使って爪のあいだまで石けんで丁寧に手を洗ってから消毒する。

先ほどより店内はずいぶんと混み合っていた。あかりが渡したクーポンを持ってレジに並んでいるお客もいる。

あかりは緑子の隣のレジを開けると、「お先にお待ちのお客さま、どうぞ」と並んでいる客に笑顔を向けた。

しばらくレジの列が途絶えることはなかった。頭を使いながら、できるだけ無駄のない動きを心がける。緑子ほどうまくはいかないが、一つ一つの作業をしっかりとこなしていった。

三十分ほどして、レジの列がやっと途絶える。ひと息つくと、緑子と顔を合わせた。

「意外とさばけてたじゃないか」

「七五三さんに比べたら、まだまだだけどね」

「当たり前だ。真行寺に負けたらバレエを踊ってやる」

「あ、言ったな」あかりはふと思い出した。「そうだ。さっき表で七五三さんの知り合いって人に話しかけられたよ」

「ああ、見てた」

「このあいだ、駅前にもいた人でしょ」

「よく覚えてたな」

「格好が派手だから」

なるほど、と緑子が笑った。

「ホントに知り合いなの？」

「知り合いと言うよりはストーカーだな」

「へ？」あかりは思わず大きな声を出してしまった。

「気にする必要はない」緑子が不敵な笑みを浮かべる。「あとで思いっきりぶっ飛ばしておくから」

2

「いらっしゃい――」と言いかけてあかりは言葉を切った。

「よう、お嬢ちゃん」と店に入ってきたのは藪田だった。相変わらずくたびれたスーツを着ている。黄色い歯を見せながらあかりの前まで来ると、カウンターに肘《ひじ》をついた。「ちゃんと働いてるかい」

顔が引きつりそうになるのをこらえながら、「いらっしゃいませ、ドームスへようこそ」と笑みを浮かべる。

藪田が声を上げて笑った。「なるほど。ちゃんと仕事してるわ」

何人かの客がこちらをうかがっている。比較的空いている時間帯で、レジにはあかり一人きりだった。

「ご注文はなににになさいますか」

「店長を呼んでくれ」

「……え？」

「杣山に話がある」藪田がタバコを取り出した。口にくわえてあかりを見る。「なにをしてる。さっさと呼んでこい」

どうしていいのか分からなかった。

藪田がライターを取り出す。火をつけようとしたとき、「お客さま」と声が聞こえた。「当店は全席禁煙となっております。おタバコはご遠慮ください」

あかりのすぐ後ろに緑子が立っていた。メガネの奥から冷ややかな目で藪田を眺めている。

藪田が口を斜めにした。「固いこと言うな」

緑子が外を指差す。「お守りいただけないなら今すぐ出ていってください」

藪田が緑子を睨《にら》みつける。緑子は目をそらそうとせず、藪田の視線を正面から受け止めた。

あかりはオロオロしてしまった。

「分かったよ」藪田はタバコを指ではさむと、真っ二つに折り曲げた。床に投げ捨てて笑みを浮かべる。「これで文句ないだろう」

「サイテー……」と客席から声が聞こえた。

藪田が振り向くと、女子大生らしき二人があわてて顔をそらす。

藪田が威嚇するように鼻を鳴らした。あかりを見ると、「なにグズグズしてんだ。早く札山を呼んでこい」と顎をしゃくる。

「お客さま」と奥からやってきたのは早紀だった。カウンターから出ると、藪田が投げ捨てたタバコを拾い上げる。「落し物です」

藪田は早紀の胸の名札を見やって、「マネージャーか」と口元を歪《ゆが》めた。「ずいぶん態度と乳のデカイ女だ」

「な――」早紀が目を見開く。表情が険しくなった。「お返しします!」と藪田のスーツのポケットに折れたタバコを押し込む。

藪田が舌打ちすると、「どいつもこいつも」と吐き捨てるように言った。「いいから、さっさと札山を連れてこい」

「店長は不在です」早紀が答える。

「ウソつけ」

「ウソではありません」

「どこへ行った？」

さあ、と早紀が肩をすくめる。「急用としか聞いていませんので」

早紀が言っていることは本当だった。札山は朝一度、出勤してきたものの、すぐに出かけてしまって店にはいない。

「戻っては来るのか」

「知りません」

「連絡してくれ」

「お断りします」

「……なに？」

「どこの誰かも分からない人のために、電話をかける必要があるとは思えませんので」

藪田がため息をついた。「神鳥さんよお」と頭をかく。「あんな奴の言うこと聞いてたら、いつかひどいしっぺ返しを食らうぞ」

「ご忠告ありがとうございます」早紀が馬鹿丁寧に頭を下げた。

藪田が苦笑いする。「まあいい」と折れたタバコを取り出して、近くのゴミ箱に押し込んだ。「札山が戻ってくるまで待たせてもらおう」と空いている席へ行こうとする。

藪田には得体の知れない怖さがあった。しかし、あかりはどうしても我慢できなかった。

「お客さま」と声をかける。

「なんだ」藪田が振り返った。訝《いぶか》しげにあかりを見る。

「店内でお待ちになられますか」

「そのつもりだ」

「でしたら、なにかお買い求めください」

藪田が虚を衝かれた顔になった。

「真行寺――」と緑子が肩に手を置いたが、「大丈夫」と笑顔で返した。改めて藪田を見る。

「ここは公共の待ち合わせ場所ではございません。店内をご利用であれば、なにかお買い求めください」

藪田が下を向くと身体を揺すりながら笑いだした。「この店はロクでもない奴ばかりだ」

とレジへ戻ってくる。グシャグシャの千円札をあかりの前に放り出した。「コーヒーだ」

あかりは息を吐いた。藪田を見据える。

藪田が眉をひそめた。「なんだ。まだ文句があるのか」

いいえ、とあかりは首を振った。「ご注文ありがとうございます」とにっこり笑みを浮かべる。「ご一緒にポテトはいかがですか」

3

「昨日は本当に勇ましかったらしいね」札山がおかしそうに笑う。

「笑わないでください」あかりはむくれた。「私だって必死だったんです」

ゴメンゴメン、と札山が笑ったまま続ける。「藪田のオヤジもまさか真行寺さんに言い込められるとは思ってなかっただろうな」

「あまりにもカチンと来ちゃって」あかりは照れ隠しに頭をかいた。

「けっこう怖いもの知らずなんだね」札山があかりの隣にいる緑子を見る。「七五三さんもだけど」

「私は当たり前のことを言っただけです」緑子がおちょこに口をつけた。「真行寺さんに比べたら、たいしたことはありません」

「いやいや、充分にたいしたことだって」札山が緑子に酒を注ぐ。「普通ならなにも言い返せないよ。神鳥さんは立場もあるけど、君たちは本当に勇気がある」

和食居酒屋・高月に来ていた。藪田のことで嫌な思いをさせたお詫びだと札山が連れてきてくれたのだ。

――ご一緒にポテトはいかがですか。

昨日あかりがそう口にすると店内はドッと沸いた。客から拍手さえ起こったほどだ。さすがの藪田も気まずくなったのか、「また来る」と急いで立ち去ってしまった。意図したわけではないが、結果的にはあかりが藪田を追い払ったことになる。

「あの人は何者なんですか」あかりは訊いた。さりげなく緑子の様子をうかがう。

緑子はなに食わぬ顔で日本酒を飲んでいた。ここに来る前、「藪田と顔見知りということは黙っててくれ」と頼まれている。理由は聞かされていなかった。

「刑事だよ」札山が答える。

「刑事？」予想していない答えだった。むしろ正反対の相手を想像していたぐらいだ。

「へえ、そうなんですね」緑子が平坦な声で言う。どこかわざとらしい反応だった。

「先日、俺の友人が事件に巻き込まれてね。その関係で話を聞きに来たんだろう」

「どんな事件ですか」あかりは訊いた。

「土曜の夜に芸能事務所の社長が殺された事件は知ってる？」

土曜日と言えば、あかりたちの歓迎会があった日だ。あかりが首をひねっていると、「綾瀬の事件ですか」と緑子が訊き返した。

そうだ、と札山が頷く。「あの被害者が俺の友人なんだよ」

あかりはなんと言っていいのか分からなかった。なにか言葉をかけようと思うが、すぐには思いつかない。

「それは残念でしたね」緑子がすぐにそう告げた。「お悔やみを申し上げます」

ありがとう、と札山が笑みを浮かべる。「聞いた直後はショックだったけど、何日か経って少し落ち着いたよ」

あかりはうな垂れた。こういうときに気の利いた言葉一つ言えない自分に嫌気が差す。

「十代のころ一緒にやんちゃしてた奴でね。ここの店長も含めて、よく五人でつるんでたんだ。藪田のオヤジはそのころからの顔見知りなんだよ」

「刑事さんとですか」あかりは不思議に思って訊いた。

「当時はずいぶんと無茶をやっててね。警察の世話になることもあったんだ」

「店長が？」

「十年以上前の話だけどね」

改めて札山を見る。今の様子からは想像もできなかった。

「当時のことは反省してるよ。だから、ここまで必死で頑張ってきた。あのころと比べたら、俺もずいぶんマシな人間になったと思う。でも、藪田のオヤジはそう思ってないんだ」

「どういうことですか」

「昔悪かった俺たちが更生するはずはないと決めつけてるんだよ」札山が苦笑いする。「だから、いつまでもああやって俺たちにつきまとってる」

「そんなの偏見じゃないですか」あかりは口を尖らせた。「昔じゃなくて今の店長を見るべきです」

藪田のニヤけた顔を思い出して腹が立った。過去だけを見てレッテルを貼るのは、あまりにも理不尽に思える。

ありがとう、と札山が笑みを浮かべた。「そう言ってもらえると救われるよ」

「だって、そうですもん」あかりは緑子を見た。「七五三さんもそう思うでしょ」

緑子は手元のおちょこに視線を落とした。しばらく間があってから、「私は思わないな」と答える。

「どうして？」あかりは驚いて訊き返した。

「たとえ過去の出来事であっても、人は自分のしたことに責任を持つべきだと思う」

「でも、反省したら許してあげてもいいんじゃないの？」

「許すかどうかは周りが判断することだ。本人が決めることじゃない」緑子が札山を見た。

「そうは思いませんか」

「手厳しいな」札山が苦笑いする。「でも、過去は変えようがないだろ。振り返ってばかりいても仕方ないとは思うけど」

「それは加害者側の意見です」

「なんだって？」

「やったほうは忘れられても、やられたほうは忘れられないこともあるんです」

札山が目を細めた。「肝に銘じておくよ」

「あんまり過去に縛られないほうがいいと思うけど」あかりは言った。「大事なのは今なんだし」

「今はあくまで過去の延長線上にある」緑子が答える。「未来だって同じだ。完全に切り離すことはできない」

「それはそうだけど……」

あかりは不満だった。緑子が札山を否定しているように思えたからだ。過去の札山は知らないが、現在の札山がちゃんとしているのは間違いない。あかりにはそれで充分に思えた。

「もうこの話は終わりにしよう」札山が気分を変えるように言った。「さ、食べて。七五三さんも腹いっぱいタダ酒を飲んでくれていいからね」

「じゃ、遠慮なく」緑子が店員に「もう一本」とお銚子をかかげた。

あかりは息を吐いた。緑子と言い合いがしたいわけではない。人にはそれぞれの意見がある。あかり自身が札山を認めていればいいだけのことだ。

気を取り直して、たまねぎの天ぷらに手を伸ばした。半分に割って口の中に放り込む。相変わらずべちゃべちゃしていたが、前回ほどまずくは感じなかった。

緑子はエビの天ぷらをつまんでいる。

「店長は食べないんですか」あかりは訊いた。

「飲むと食わないんだ」札山がレモンサワーのグラスを示す。確かに歓迎会のときもなにも食べていなかった。「それにね――」とカウンターのほうを見やる。「あの顔で作ってるのかと思うと、どうしても食欲が失《う》せるんだ」

札山の視線の先では、高月が額に汗をかきながら天ぷらを揚げていた。

あかりはつい吹き出してしまう。「店長、ひどすぎです」

「だから、二人も食べるときはあっちを見ないほうがいいよ」札山が悪戯っぽく笑った。

＊＊＊

【バイトは】やみつきドームスの闇を暴く【使い捨て】8

123：無名の店員
　バイトが自殺した話はマジらしいね。

124：無名の店員
≫123　Hという二十歳のフリーターが死んだのは本当です。
でも店とは無関係です。あれは事故です。

125：無名の店員
≫124　無関係は真っ赤な嘘。

126：無名の店員
≫125　本当です。

Hはクスリでラリって屋上から落ちたんです。

127：無名の店員
＞＞126　ずいぶん詳しいね。関係者？

128：無名の店員
奴は自殺。原因は店での人間関係。
ムチャクチャ陰湿なイジメがあった。

129：無名の店員
Hの肉はミミズが足りない日に使いました。
その日のハンバーガーはあっという間に売り切れました。
好評なのでこれからもたまにやります。
みんな大好き人肉バーガー。
BY・店長F山

130：無名の店員
＞＞128　ドームスにイジメはありません。
バイトの仲はとてもよく、誰もが気持ちよく働いています。
勝手なことを言わないでください。

131：無名の店員
＞＞130　126と同じ人でしょ。
もしかして店長F？

132：無名の店員
＞＞130　店長、おつかれさまです！

133：無名の店員
Hくんは自殺ではありません。

134：無名の店員

自演までしてごまかすなんてね。
よっぽどまずいイジメだったんだろう。
そのうち警察が捜査したりして。

135：無名の店員
>>133　自殺じゃなかったらなにさ。

136：無名の店員
殺されました。

137：無名の店員
>>136　ソースは？

138：無名の店員
>>137　信頼できる情報筋です。

139：無名の店員
>>138　適当な噂を流さないでください。

140：無名の店員
やみつきポテトはおいしいよ。

141：無名の店員
ハンバーガーはミミズ。
ポテトは遺伝子組み換え。
ほかの野菜は農家が廃棄した部分の再利用。
こんなところで食べる奴の気がしれない。

142：無名の店員
>>139　適当かどうかはいずれ分かります。

4

店の外にその姿を見かけて、あかりは目を見開いた。相手がいることにも驚いたが、それ以上に本人の変わりようにびっくりしてしまった。

「どうした？」隣のレジにいる緑子が目ざとく訊いてくる。

並んでいる客はいなかった。店内も空席が目立っている。

「知り合いが来たの」

「知り合い？」

自動ドアが開いた。相手が店に入ってくる。

「いらっしゃいませ、ドームスへようこそ」

会いたくはなかったが、今さら逃げることもできない。あかりは半ばやけくそで笑顔を向けた。

富沢恵《とみざわめぐみ》は皮肉めいた笑みを浮かべていた。こちらへやってくると目の前で足を止める。

「ホントにこんなとこでバイトしてるのね」

あかりも背が低いわけではないが、一七五センチある恵を前にするとさすがに見上げてしまう。骨太で筋肉質なこともあって、バレリーナとしてはかなり大柄だ。しかし――。

「恵ちゃん、ずいぶん痩せたね」

あかりが知っているときの半分になった印象だった。もちろんそこまではいかないが、それぐらいのインパクトがある。ただし、頬がげっそりして健康そうには見えなかった。

「でしょう」恵が得意げに言う。笑うと口の周りのシワが深くなった。とても同じ二十歳には見えない。「いいダイエット法を見つけたの。これで苦労しなくて済むわ」

「……よかったね」と答えるしかなかった。

隣町にあるバレエスクールからの紹介で、恵が真行寺バレエ団にやってきたのは五歳のときだ。かれこれ十五年の付き合いになるが、友だちと呼んでいいのかは微妙なところだ。

「ケガはいいの?」恵がカウンターの中をのぞき込もうとする。

「ボチボチかな。たまに膝が抜けるような感覚はあるけど」

「いずれ治るんでしょ」

「ゴメン、恵ちゃん。私、仕事中なの。だから――」

「いいじゃない。誰も並んでないし」

普段なら私語をしているだけで早紀に怒られてしまう。しかし、こういう日にかぎって早紀は休みだった。

あかりはため息をついた。「なんか用だった？」

「次の公演で『ジゼル』やるの知ってる？」

「ひかりから聞いた」

「じゃあ、ジゼル役が誰かも聞いてるのね」

「うん」

「悔しくないの？　本来ならジゼルはあかりがやる役じゃない」

「そんなことないわ。毎回、配役は先生が決めるんだし」団員と話すときは母を《先生》と呼ぶようにしている。

恵が鼻を鳴らした。「よく言うわ。ずっと主役はあんただったじゃない。ジゼルもやったことあるでしょ」

「それはそうだけど……」

「今回、あたしはミルタなの」

「いい役だね」

「そうね。いい役だわ」恵が口を斜めにする。「主役の次にね」

あかりはなにも言うことができなかった。

「ま、あたしみたいなデカイ女に主役はムリだけど」恵が声を出して笑う。「でも、痩せたからちょっとは期待してたのよ。あんたもいないしね。まさかいきなりひかりちゃんにやらせるとは思わなかったわ」

「あの子、成長著しいから」

「あんたが休んでた六か月のあいだにさらによくなったわよ。ああいうのを目の当たりにするとイヤになるわね。才能の違いをまざまざと見せつけられてる気がするもの」

気持ちがざわついた。自分よりひかりに才能があるのは認めているが、それでもまだ心穏やかに聞くことはできない。

「で、あんたはいつ戻ってくるわけ？」

「……分からない」

「まさか辞めるわけじゃないわよね」

「……どうだろ」はっきりとは言いづらかった。

「今辞めるなんて絶対に許さないからね」恵が冷ややかな口調で言う。「敵前逃亡なんてさせないわ」

「敵前逃亡？」

「だって、そうでしょ。自分にとって代わる相手が出てきた途端に、戦わずして逃げるんだから」恵が不敵な笑みを浮かべる。「今回はあんたがいなかったけど、もしいたらどっちがジゼルをやったのかしらね」

　顔から血の気が引いていくのが分かった。

「あんたは小さいころからずっとステージの中心にいたわ。でも、そんなあんたが脇に回る日がそこまで来てるの。この目でぜひ見てみたいわ」

「恵ちゃん……」

「そうすれば、脇の人間がどういう気持ちか理解できるわよ。辞めるなら、その屈辱を味わってからにしてよね」

　積もりに積もった恵の黒い感情を見た気がした。妹に負けて傷つきたくないというずっと顔を背けてきたあかりの気持ちを強引に目の前に突きつけてくる。

「でも、どれほどの屈辱を味わったとしても、結局は辞められないと思うけどね」恵があざけるように笑った。「あたしもあんたもバレエ以外になにもないんだから」

「……そんなことない」

「そんなことあるわ。あんたにはバレエしかない。じゃあ、ほかになんの取り柄があるって言うの？」

　あかりは唇を嚙みしめた。

「真行寺さん」不意に緑子から声をかけられる。「休憩時間ですよ」

「え？」時計を確認すると、休憩まではまだしばらく時間があった。

「それと店長が事務所まで来るように言ってました」

「店長が？」

「そうです」緑子は澄ました顔をしている。

札山は夕方からの出勤予定だ。まだ店には来ていないはずだ。

あかりが戸惑っていると、「早く」と緑子が強い口調で言った。目が合うと小さく頷く。

あかりはやっと気づいた。緑子は助けようとしてくれているのだ。

「じゃあ、行ってきます」あかりは答えた。

「行ってらっしゃい」緑子がほほ笑む。

「待ちなさいよ」恵が口をはさんだ。「まだ話は終わってないわ」

「じゃあね、恵ちゃん。レッスン頑張って」あかりは一方的にそう告げると、返事を待たずに背中を向ける。

「ちょっと！」

無視して店の奥へと向かった。

「また来るから。いい？　あんたにはバレエしかないの。辞めるなんてムリなんだからね」

耳を塞《ふさ》ぎたい気持ちをこらえながら、あかりは足を速めた。

5

「ずいぶんとネクラな奴だったな」緑子が熱かんに口をつける。

「バレエの世界にいると、大なり小なり他人を妬《ねた》む気持ちは持つと思う」あかりはレモンサワーのグラスを包み込むように持った。手のひらから冷たさが伝わってくる。

「真行寺にもあるのか」

「もちろん。そういう気持ちを持たなくて済むのは、一部のトップの人だけだもん」

「真行寺はずっと主役だったんだろう」

「前も言ったけど、私は単にママの七光だから。外部のすごいダンサーを見ると、いつもうらやましいと思ってた」

なるほど、と緑子が手酌をする。「嫉妬渦巻く世界ってやつか」

「でも、私にはもう関係ないから。あの世界とは縁を切ったの。これからはもっとほかに目を向けるつもり。そのためにアルバイトも始めたんだから」

駅近くの居酒屋はサラリーマンや学生でにぎわっていた。

自分から誰かを飲みに誘ったのは初めてのことだ。二人きりでこういう場所に来たのも初めてだった。少し大人になった気がする。

「それにしても、彼女はちょっと病的なほど痩せて見えたな」緑子が言った。「やっぱりバレエは痩せてたほうがいいのか」

「どっちかって言えばね。ジャンプしたときの脚への負担が軽くなるし、相手役もリフトがしやすいから」

「だからって、客がギョッとするほど痩せてるのは問題だろう」

だよねえ、とあかりはため息をついた。「以前はあそこまでじゃなかったんだけど。私も久しぶりに会って驚いちゃった」

「急に痩せたみたいな言い方をしてたな」

「半年で十キロ近くは痩せてるんじゃないかな。恵ちゃんは大柄な子だけど、もともとそれなりに絞ってたから、よくあそこまでできたと思う」

「いいダイエット法を見つけたって言ってたな。あれ、ハピハピかもな」

「ハピハピって?」

緑子が苦笑いを浮かべた。「やっぱり真行寺は世間知らずのお嬢さまなんだな」

「そんなことないもん」あかりはむくれる。

「危険ドラッグって言葉は聞いたことがあるだろう」

「あ、知ってる。使った人が交通事故とかいっぱい起こしてるやつでしょ」

「そうだ。その中で最近一番出回ってるのがハピハピなんだ。劇的に痩せるって噂があって、芸能人やモデルもけっこう使ってるらしい」

「どこで売ってるの？」

「普通に街中で売ってる。もともと脱法ドラッグや合法ドラッグと呼ばれてたぐらいだ。違法性はない。そのせいで違法薬物より安全だと勘違いする奴が多いから名称が変更されたんだ。いろいろと法制化も進んでいるが、実際は業者とのイタチごっこになっていて取り締まりには苦労しているらしい」

「それを恵ちゃんが使ってるってこと？」

「可能性はあると思う」

　恵が体型に人一倍コンプレックスを持っていたのは知っている。高校のころ、なにも食べずにレッスンを受けて貧血で倒れたことも一度や二度ではなかった。違法なクスリなら躊躇《ちゅうちょ》するだろうが、危険ドラッグならあくまで合法なので簡単な気持ちで手を出してもおかしくない気がした。

「副作用はないの？」

「継続して使用すると、化学物質が体内に蓄積して酩酊《めいてい》状態を引き起こす。最悪の場合は死に至ることもあるそうだ。そのくせ、依存性が強いから厄介だと言われている」

「そのこと、恵ちゃんに言ってあげたほうがいいかな」

「やめとけ。あそこまで言われたんだぞ」

「でも――」

「手を出したのは自分だ。自己責任だろう」

あかりは口を尖らせた。「……七五三さん、冷たい」

「真行寺こそお人好しすぎる。あの調子だと、大きなお世話だって言われるだけだぞ」

「じゃあ、放っとけって言うの？」

緑子が苦笑いする。「やっぱりお嬢さまは優しいな」

あかりはムッとした。「お嬢さまじゃないもん」

「バレエが習えるなんてお嬢さまの証拠だろう」

「しょうがないじゃない。ママが元バレリーナなんだから」

「それがお嬢さまだって言うんだよ――そうだ」緑子がテーブルに両肘をついた。「真行寺に言っておきたいことがあったんだ。店長のことだ」

「店長がなに？」

「あの人はやめとけ」

「……え？」

「悪いことは言わない。あの人はやめといたほうがいい」

あかりは緑子を見つめた。「それって過去のことがあるから？」

そうだ、と緑子が頷く。

「今の店長を見たら、過去なんて関係ないと思うけど……」

「あの人がホントに過去と決別したと思うか」

「どういう意味？」

「当時の仲間といまだに付き合いがあるってことは反省なんかしてないってことだ」

あかりは口を尖らせる。「どうして七五三さんはそういうイジワルな見方をするの？　過去のことばっかり言われたら、人は前に進めないじゃない」

「ちゃんと反省してるんなら分かる。でも、本人が過去を真摯《しんし》に受け止めていないなら言われても仕方ないだろう」

「店長は真摯に受け止めてるでしょ」

「私にはそうは見えない」

しばらく二人とも黙り込んでしまう。

あかりは手元のグラスを見つめた。水滴がコースターの上に小さな水たまりを作っている。

緑子が息を吐いた。「私には今でも忘れられない記憶がある」と突然切り出す。

「忘れられないこと？」

「私はこういう性格だから、昔からそんなに仲の良い相手ができるタイプじゃなかった。でも、中学二年の二学期、転校生のカスミって子と席が隣同士になった。カスミはおとなしい性格で、いつも自分の席で本を読んでいた。私も学校ではたいてい本を読んでいたから、そのうちポツポツと会話を交わすようになったんだ」

緑子が日本酒を一口飲んだ。

「カスミはたくさんの本を私に貸してくれた。いつもはオドオドしてるくせに私が本の感想を伝えると、急にスイッチが入ったように嬉々として話し始めるんだ。そして、しばらくするとハッと我に返って顔を真っ赤にして謝った。ゴメン、しゃべりすぎたってね」

緑子が懐かしむような表情を浮かべた。

「私はそんなカスミを好ましく思っていた。不器用なところが自分と似てる気がしたんだ。それまでは義務的に通っていた学校がそのころはちょっと楽しみになっていた。でも――」

緑子の表情が不意に暗くなる。「一か月後、カスミは急に学校に来なくなった」

「どうして？」

「当時、学年でも目立つ女子五人のグループがいた」

　緑子が話題を変えた。あかりは戸惑いながらも黙って耳を傾ける。

「チヤホヤされるのが当たり前と考えてる奴らで、自分たちを特別視することを周囲に強要していた。私はバカバカしいと思って無視していたんだ。それが気に食わなかったんだろう。一年のころから私はずっと奴らから目の敵にされていた」

「目の敵って？」

「あることないこと言いふらされたり、陰口を叩かれたり、クラスメイトたちに無視させたりといった感じだな」

　あかりは目を見開いた。「それってイジメじゃない」

　まあな、と緑子が笑う。「だけど、私自身は気にしてなかった。直接的な暴力は困るが、精神的な嫌がらせは気にしなければいいだけだ。でも、奴らはそういう私の態度が余計におもしろくなかったんだろう。そんなとき、奴らはカスミに目をつけたんだ」

「もしかしてカスミさんにも嫌がらせを？」

　違う、と緑子が首を振る。「私と縁を切るよう要求したんだ」

　あ、とあかりは声をもらしてしまった。

「私と縁を切って、自分たちのグループに入れとカスミに迫った」

　やり方が汚すぎる。

やっとできた友だちとの仲を壊すことで、緑子にショックを与えようとしたのだろう。発想自体の陰湿さに言いようのない嫌悪感を覚えた。

「従わなければどうなっても知らないと半ば脅されていたそうだ」緑子が手元のおちょこに視線を落とした。「私はカスミがそんな目にあっているとはちっとも知らなかった。板挟みになりながらも、カスミは私の前では普通に振る舞っていたんだ。でも、ある日、家から一歩出た瞬間、おう吐して倒れたそうだ」

あかりは言葉が見つからなかった。カスミという子の気持ちを想像するだけで息苦しくなってくる。

「カスミの母によると、転校してきた理由は前の学校でのイジメだったそうだ。もともと気持ちが弱っていたんだろう。そのうえ、新天地に来たのに同じような目にあいそうになって耐え切れなくなったんだ。バカだよ。私のことなんかさっさと見捨てればよかったのに」

「そんな言い方――」と言いかけて、あかりは言葉を切った。

メガネの奥に見える緑子の目にはうっすらと涙が浮かんでいた。

「結局、カスミはそのあと一度も登校せず遠くへ引っ越してしまった。しかし、奴らはケロッとしていた。『あんなことで転校する?』と笑ってさえいたんだ」

「ひどい……」

「私はガマンできず担任に訴えた。でも、担任は適当に奴らの話を聞いただけで問題はなかったと結論づけたんだ」緑子が唇を嚙みしめた。「私はどうしても許せなくて、一発でいいから奴らを殴ってやろうとした。でも、返り討ちにあっただけだったよ。そのあとは卒業までそれまで以上のひどい嫌がらせを受けた。でも、カスミのツラさに比べたら、私なんかたいしたことはない。心を壊したカスミに比べたらな」

「カスミさんはそのあとどうなったの？」

「ケアセンターみたいなところに入ったと聞いた。一度だけ手紙を書いたが、返事が来たのは母親からだったよ。もう手紙を送らないでほしいと書かれていた」

「どうして？」

「私の手紙を見たカスミがパニック状態に陥ったそうだ。学校でのことを思い出したんだろう。医者からは過去とのつながりはしばらくなくしたほうがいいと言われたそうだ。だから、そのあとどうなったのかは知らない」

あかりはやり切れない気分になった。

「二年前、五人組の一人と偶然、街で会ったんだ」緑子が続けた。「五人の中でリーダー格の奴だった。私が身構えていると、そいつは普通に『久しぶり』と話しかけてきたんだ。あ然としたよ。さすがに頭に来て当時のことを問い質《ただ》してやった。そしたら、なんて言ったと思う？　ゴメンゴメン、あのころは若かったからって笑ったんだ」

「そんな――」あかりは言葉を失った。あまりにも軽すぎる発言だ。

「つまり、向こうにとってはその程度のことだったんだ」緑子が冷めた笑みを浮かべた。

「反省もしなければ後悔もしない。単なる過ぎ去った過去でしかないんだ」

店内は相変わらずにぎやかだった。しかし、あかりたちの周囲だけ音が消え去ったかのような静けさが漂っていた。

「店長にはそれと同じものを感じる。あの人は過去を思い出のように語っている。私にはとても反省しているようには見えない。それにな――」緑子がメガネの奥の目であかりを見つめる。「あの人の過去は真行寺が思っている以上にすさまじいぞ」

「……七五三さん、なにか知ってるの」

緑子はその問いには答えなかった。日本酒をあおると、おちょこをテーブルに置く。

「声をかけてもらってうれしかったんだ」

「……え？」

「お茶しようと誘ってもらってうれしかった。だから、少しお節介を焼きたくなったんだ」

「七五三さん……」

「らしくないことはすべきじゃないな」緑子が力のない笑みを浮かべる。「ゴメンな。イヤなこと言って」

「そんなこと……」

「悪いけど今日は帰る」緑子がカバンから財布を出して、千円札を三枚テーブルに置いた。

「多すぎるよ！」あかりはあわてて返そうとする。

緑子は受け取らなかった。腰を上げると、「じゃあな」と振り返らずに行ってしまった。

6

真行寺さん、と風永遥に肩を叩かれた。「もう休憩でしょ。レジ替わろう」

「はい」あかりは遥に場所を譲った。

「店長が呼んでたよ。事務所まで来てくれって」

「なんの用ですか」

さあ、と遥が首をひねる。「そこまでは聞いてない」

隣の緑子を見ると、前を向いたままだった。

「休憩に行ってくるね」と小さな声で伝える。

緑子はわずかに頷いただけだった。

あかりはため息をつくと奥へ向かった。

休憩室の前を通り過ぎて、事務所のドアをノックする。

「どうぞ」と中から札山の声が応じた。

「失礼します」

札山は事務机に着いていた。背後には《関係者以外立ち入り禁止》とプレートの貼られたドアが見える。横に暗証番号を入力するボックスがあり、赤ランプが点灯していた。

パソコンの画面から顔を上げると、札山が笑顔を見せる。「悪いね、休憩中に呼び出して」

「大丈夫です」あかりは札山の前まで行った。「なにかご用ですか」

「一つ確認したいことがあるんだ」

「なんでしょう」

「もしかして七五三さんとうまくいってない?」

あかりは目を丸くした。「どうして分かるんです?」

「やっぱりそうか」札山が笑う。「ギクシャクしてるように見えたんだ。ケンカでもした?」

「ケンカってわけじゃないんですけど……」札山のことで言い合いをしたとはとてもじゃないが言えなかった。

緑子と飲みにいってから三日が経っていた。昨日今日と店で顔を合わせているが、まともな会話はできていない。緑子のほうがあかりを避けているように見えた。

しかし、どう仲直りすればいいのか分からない。札山のことは主張が完全にすれ違っている。かといって、どちらかが謝るのも違う気がした。

「心配をおかけしてすいません」あかりは頭を下げた。「たいしたことじゃありませんから」

「それならいいけど。あかりちゃんが元気ないと店が暗くなるから気になってさ」

「え？」あかりは目を丸くした。「今、あかりちゃんって……」

ああ、と札山がほほ笑む。「そのほうが呼びやすいと思ってね。ダメかな」

「……別にかまいません」あかりは頬が熱くなるのを感じた。「店長が呼びやすいように呼んでください」

札山がにっこりとあかりを見つめる。「じゃあ、そうさせてもらうよ。俺にできることがあったらいつでも言ってね、あかりちゃん」

「ありがとうございます」

身体がフワフワするような感じだった。胸の奥がほんのり温かい。

ノックの音が聞こえた。事務所のドアが開く。

顔をのぞかせたのは神鳥早紀だった。あかりを横目で見てから札山のほうを向く。

「店長、野田社長がいらっしゃってます」

早紀が横にどくと、「よう」と片手を挙げながら高そうなスーツを着た初老の男が入ってきた。銀縁メガネに口ひげ、額の生え際は少し後退している。なでつけた髪は染めたように真っ黒だった。日焼けした肌に不自然なほど白い歯が目立つ。

「社長」札山が急いで椅子から腰を上げた。「わざわざいらしてくださったんですか。連絡をくれれば、こちらから出向きましたのに」

「たまには店の様子も見たくてな」野田があかりを見た。「彼女は？」

「真行寺さんです。今月から働いてもらってます」札山が答えた。

ふーん、と野田が目を細める。頭のてっぺんから足の先まで無遠慮に眺めてきた。

「ずいぶんスタイルがいいな。モデルか」

「彼女、バレエをやってたんです」

「バレエか」野田が納得したように頷く。「君、芸能界に興味はないか」

あかりは目を見開いた。「芸能界？」

野田が内ポケットから名刺を取り出すと、あかりに突き出した。受け取ると、《イク・エンタテインメント　代表取締役社長　野田郁夫》と印刷されている。

「興味があればいつでも連絡してきなさい」野田が札山に向かって顎をしゃくった。「ちょっと付き合え」

「じゃあ、着替えてきます」

「制服のままでかまわん。表に車を待たせてある」

札山は数秒迷ってから、「分かりました」と頷いた。「少し出てくるからあとを頼む」と早紀に告げる。

はい、と早紀が頷いた。

二人が出ていくと、あかりと早紀が事務所に残された。

「さすがね」早紀があかりを見る。「野田社長にスカウトされるなんて」

「どなたなんですか」

「名刺に書いてあるでしょ。イク・エンタテインメントといったら、けっこう有名なタレントもいるわよ」

早紀が挙げた芸能人は普段テレビを見ないあかりでも知っている名前だった。

改めて名刺を見る。年齢の割に派手な印象を受けたのは、華やかな世界に身を置いているからかもしれない。

「野田社長は投資家でもあってね」早紀が続けた。「ドームスの出資者でもあるの」

「へえ……」

野田のような人物から出資を受けられるということは、やはり今の札山が信頼に値するということだろう。あかりは少し安心した。

ところで、と早紀が言う。「あなた、ここでなにしてたの？」

「店長に用があるって呼ばれたんです」

「どんな用？」

「たいしたことじゃありません。プライベートなことですから」

言いふらすことでもないだろう。ヘタに話が大きくなると、ますます緑子との仲直りが難しくなりそうな気がした。

「プライベート……」早紀が一瞬眉をひそめたが、すぐに笑みを浮かべる。「だったら、聞かないほうがよさそうね。行っていいわよ。私は倉庫に用があるから」と暗証番号付きのドアを指差す。

「失礼します」

あかりは部屋の出口へと向かった。ノブに手をかけて振り向く。

早紀が冷めた目でこちらを見つめていた。

もう一度頭を下げて、あかりは廊下へと出た。

7

更衣室では風永遥が一人で着替えをしていた。あかりを見ると、「おつかれさま」と笑顔を向けてくる。

「おつかれさまでした」と返すと、あかりはロッカーの前に立ってため息をついた。

「どうしたの？」

「あ、いえ、ちょっと疲れちゃって」と適当にごまかす。

時刻は午後七時を回っていた。

疲れたのも嘘ではなかったが、それ以上にあかりの心に重くのしかかっているのは緑子のことだった。

緑子は三十分前に上がってすでに帰ってしまっている。結局、今日もロクに話すことはできなかった。このまま仲直りできないかもしれないと思うと暗い気持ちになる。

もう一度ため息をつくと、あかりは自分のロッカーを開けた。中を眺めてから、「あれ」と首をひねる。

「どうかした？」着替えを終えた遥が訊いてきた。

「ロッカーからカバンがなくなってるんです」

「持ってきたのは確かなの？」

「だと思うんですけど」

「どっかに置き忘れたとかはない？」

「たぶんないと思います」

「見ていい？」遥があかりのロッカーを指差す。

はい、とあかりは横にどいた。

遥が短い髪をかき上げながら、あかりのロッカーをのぞき込む。

「いつもここに置いてるんです」とあかりは中の棚を示した。今はなにも載っていない。

遥が腕組みをした。「だとしたら、おかしな話ね」

手ぶらで家を出たとは思えなかった。バイトの前にもどこへも寄っていない。カバンを置き忘れる場面はなかったはずだ。

更衣室のドアが開いた。入ってきたのは神鳥早紀だった。「あら、まだいたの」とあかりたちを交互に見る。「どうかした？」

「あかりちゃんのカバンがなくなったんです」遥も少し前から《あかりちゃん》と呼ぶようになっていた。

「カバンが？」早紀が訝しげな顔をする。「どういうこと？」

「ロッカーに入れておいたカバンがなくなってるんです」あかりは説明した。

「盗まれたってこと？」

「いえ、そこまでは……」

「でも、ないんでしょ。だったら、盗まれたってことじゃない」

「置き忘れただけかもしれないなって……」

「どこに？」

「どこでしょう」

早紀があきれた顔をする。「真行寺さん、なにを言ってるの？」

「すいません」あかりは肩をすくめた。

「カバンはロッカーに入れたの、入れてないの。どっち？」

「入れたような気が……」

「入れたのね」

「いや、でも……」

「はっきりしなさい」

そう追及されると自信がなくなってしまう。

「ここに持ってきた記憶はあるのよね」遥が助け舟を出してくれた。

「はい」あかりは頷く。「来る前はどこにも行ってませんから」

「置きっ放しになってたとしたら、誰かが空いてるロッカーに入れたんじゃない？」

遥が名札のついていないロッカーを端から順番に開け始めた。あかりも反対側から同じように見ていく。すべて確認しても、カバンは見つからなかった。

「間違いなく持ってきたのね」早紀が念を押すように訊く。

「持ってきたのは間違いないと思います」あかりは答えた。手ぶらであれば、さすがに違和感を覚えたはずだ。

「だとしたら、盗難以外にあり得ないじゃない」早紀が深刻な顔で顎に手を当てる。「最悪だわ。店長に報告しないと。場合によっては、警察に届ける必要もあるわね」

「警察？」あかりは驚いた。そこまで大ごととは思っていなかった。

「そりゃそうよ。窃盗は犯罪だもの」

「そんなことになったらお店に迷惑じゃ……」

「仕方ないわ。あなたが盗まれたって言うんだもの。店長に報告するから、真行寺さんも一緒に来て」早紀がドアのほうへ歩きだす。

「は、はい」あかりはあわてついていこうとした。

「そうだ」遥が急に声を上げる。

早紀が足を止めた。「どうしたの？」と振り返る。

「ちょっと待ってください」遥が更衣室の角《かど》に設置してあるプラスチックケースのほうへ向かった。使用した制服をクリーニングに出すために入れておくところだ。

遥が山になった制服に手を突っ込んだ。しばらく探ってからあかりを振り返る。

「あったかも」

「え？」

「これじゃないの？」

遥がかかげたのは、間違いなくあかりのトートバッグだった。

「それです！」あかりは遥に駆け寄るとカバンを受け取った。

「以前、ほかの子がここに間違って私服を入れちゃったことがあってね。そのときもないって大騒ぎになったの。見つかってよかったわ」

「ありがとうございます！」

あかりはカバンをのぞき込んだ。次の瞬間、全身から血の気が引く。

「どうかした？」遥が不思議そうに訊いてきた。

「……いいえ、なんでもありません」あかりは無理やり笑みを浮かべる。「本当にありがとうございました」と頭を下げた。見られないようにカバンの口を両手で握りしめる。

パッと見たところ、なくなっているものはなさそうだった。しかし、ポーチと財布の中身がカバンの中にぶちまけられている。偶然に飛び出したとは考えにくかった。

ふと小学六年生のときのことを思い出した。

初めて本公演の舞台に立つことが決まった直後のことだ。レッスン場に置いていたバレエシューズが突然、消えてなくなった。何人かに手伝ってもらって探したものの、どこにも見当たらなかった。

あかりはあきらめて、「なくした」と母に告げた。母はレッスンを別の先生に任せて、すぐにあかりを懇意のバレエ専門店へ連れていった。新しいシューズを買うと、渡す前にあかりに言った。

「いい？　今後は肌身離さず持ち歩くようにしなさい。自分が嫉妬される立場になったことを自覚しなきゃダメよ」

後日、あかりのシューズはズタズタに切り刻まれた状態でトイレのゴミ箱から発見された。誰がやったのかは結局分からなかった。

「まったく、人騒がせな子ね」早紀が盛大なため息をついた。「うっかりにもほどがあるわ」

「すいません」

「警察沙汰になったあとに見つかってたら、謝っても済まなかったわよ。本当に気をつけてちょうだい」

「……はい」

カバンの中を見せて早紀に訴えてもよかった。しかし、信じてもらえるかどうかは分からない。言い訳をしていると思われたら、余計に話がこじれそうな気がした。

いったい誰が——。

最初に思い浮かんだのは緑子の顔だった。あわてて頭の中から追い払う。緑子がそんな嫌がらせをするとは考えたくなかった。

「風永さん、ゴメンなさいね」早紀が言う。「こんなバカげたことに付き合わせちゃって」

「私は平気です。騒ぎにならずによかったです」

「ホントよ。騒ぎになってたら、真行寺さん、店にいられなくなってたかもしれないわ。ちゃんと風永さんにお礼言っときなさい」

「ありがとうございました」あかりは改めて頭を下げた。

「いいよ。気にしないで」遥が笑顔を見せる。

早紀が更衣室から出ていくと、「ねえ、あかりちゃん」と遥が言った。「一つ訊きたいことがあるんだけど。あかりちゃんはホントに自分がうっかりやったと思ってる？」

「……え？」

「洋服なら分かるけど、カバンを放り込むなんて普通あるかな」

すぐには返す言葉が見つからなかった。

「だいたいあかりちゃん、今から着替えるわけでしょ。制服をクリーニングに出すのはこのあとじゃない。どういうタイミングであそこにカバンを放り込むの？　どう考えてもおかしい気がするんだけど」

「私ならやるかもしれません」あかりは答えておいた。

置きっ放しにしたカバンに誰かがちょっと悪戯をしただけかもしれない。ロッカーを開けてまで嫌がらせされたとは考えたくなかった。

遥はあかりを見つめていた。しばらくして肩をすくめる。「あかりちゃんがいいならいいけどね」

「大丈夫です」あかりは笑顔で言った。「心配かけてすいません」

「でも、少し気をつけたほうがいいと思う」

「気をつける？」

「ここ、イジメで自殺した子がいるって噂もあるから」

あ、とあかりは声をもらした。あかりたちの歓迎会のとき、遥が札山に真相を確認していた話だ。

「あれは店長が否定して遥さんも納得してたんじゃ――」

「一応はね。でも、ぶっちゃけ真実は分からないでしょう。私もそのとき店にいたわけじゃないし」

「それはそうですけど……」

「ま、なにか困ったことがあったら、いつでも相談して」遥があかりの背中を軽く叩いた。

＊＊＊

【世代間抗争は】東京ピエロ今昔物語【あるのか】66

64：名もなき外道
事件から十日か。

65：名もなき外道
特に動きないね。警察発表もないし。

66：名もなき外道
あれだけ残酷な殺され方なのにマスコミの報道も盛り上がんないなあ。
やはり東京ピエロ絡みは腰が引けるのか。

67：名もなき外道
>>66　それは仕方ない。
カンパニーとマスコミのつながりは根深いからね。
本気で報道したら芸能界も含めて大騒ぎになる。

68：名もなき外道
アホくさＷＷ
カンパニーなんてしょせん族上がりのバカばっかり。
そんな影響力なんかないっつうの。

69：名もなき外道
>>68　世間知らずの奴は黙ってろ。

Hくんを中心としたカンパニーはマスコミだけじゃなく政財界とのつながりも深い。
お前みたいなクズが知らないだけ。

70：名もなき外道
出たよ、知ったかWW

71：名もなき外道
>>69　はいはい。よかったね、君はセレブで。

72：名もなき外道
G5はカンパニーへの復讐の機会をうかがっている。

73：名もなき外道
>>72　カンパニーがやったのは確定なの？

74：名もなき外道

>>73　G5はそう見てる。
それだけで戦争になるには十分。

75：名もなき外道
G5ってもともと5人で1人死んだんでしょ。
たった4人でカンパニーに戦争しかけるの？

76：名もなき外道
>>75　やられたらやり返すは基本。
一度ひよったらあらゆることでなめられる。

77：名もなき外道
カンパニーってどれぐらいの規模なんですか。

78：名もなき外道
>>77　1000人はくだらない。

79：名もなき外道
＞＞78　バカじゃねえの。
そんなにいるわけないじゃん。

80：名もなき外道
＞＞79　いるよ。末端も含めたら。
本人はカンパニーの一員とは知らないけどね。
これ以上、詳しくは言えない。

81：名もなき外道
＞＞77　幹部だけだと二十人前後かな。
Hをトップにしたピラミッド構造で、世代が古いほうが上に位置してる。
ただし、第五世代はこのピラミッドから外れてるけどね。

82：名もなき外道

>>81　おまえ、そんなこと書き込んで知らねえぞ。
身元バレたら命ねえぞ。

83：名もなき外道
>>82　こんなの常識。たいしたことない。
ちなみにG5の後ろにはカンパニーと関係ないパトロンがいるよ。
現役のころからの付き合いで、全員が引退後はこのパトロン絡みで仕事してる。
それが誰かは言えないけどね。

第三章

1

「ゴメン、あかりちゃん」隣のレジにいた風永遥が早口で話しかけてくる。「私、トイレ行ってくるから」

あかりが返事をする前に、遥はさっさと店の奥へと行ってしまった。よほど我慢していたのかもしれない。

あかりが遥の去ったほうを眺めていると、「ちょっと」と声をかけられた。振り返ると、髪の短い四十代らしき女性が険しい顔であかりを睨んでいる。

「失礼しました」あかりは頭を下げた。「いらっしゃいませ、ドームスへようこそ」と笑顔を向ける。「ご注文はお決まりですか」

「注文なんかするわけないでしょ」

「へ？」

「人殺しの店の商品なんか食べるわけないじゃない」

「人殺し？」

「いいから店長を呼んで」

あかりは当惑してしまった。「……店長ですか」

「そうよ！　早く呼んできて！」

「失礼ですが、お身内の方でしょうか」

「はあ？」女が眉根を寄せた。カウンター越しにいきなり腕をつかまれる。

「きゃ！」あかりは逃げようとしたが、うまくいかなかった。

「ふざけないで！」女があかりの腕を強く揺する。「あんな男が身内なわけないでしょ。失礼なこと言わないで」

「や、やめてください」あかりは女の手を振りほどこうとした。

店内の客がなにごとかとこちらをうかがっている。

「なにしてるんです！」背後から神鳥早紀の声が聞こえた。

「マネージャー！　こちらのお客さまが――」

早紀が早足でカウンターから出ると女の腕をつかんだ。強引にあかりから引きはがす。

「なにするのよ！」女が髪を振り乱して抵抗しようとした。

「落ち着いてください！」

女が動きを止めた。血走った目で早紀を睨みつける。

「またあんたなのね。どうして邪魔するの？」

「邪魔をしてるわけではありません」

「だったら、早くあの男を呼んできて」

「店長は出かけています。いつ戻るか分かりません」

「ウソおっしゃい」

「ウソではありません」

「逃げるんじゃないわよ。うちの慎《しん》ちゃんを殺したくせに！」

あかりはギョッとした。

「いい加減にしてください！」早紀がぴしゃりと言う。「妙な言いがかりをつけると、営業妨害で警察を呼びますよ」

「呼べるもんなら呼べばいいでしょ！」

女が早紀につかみかかった。早紀が応戦する。二人はもみ合いながら、床にもつれるように倒れ込んだ。

店内から悲鳴が上がる。

カウンターから素早く飛び出す制服の後ろ姿があった。

緑子だ。二人の側にしゃがみ込むと女の身体に両腕を回す。そのまま転がるようにして、無理やり女を早紀から引きはがした。

「なにするのよ！」女が暴れようとする。

緑子が背後から女の身体を押さえた。耳元に口を寄せるとなにかつぶやく。女が驚いたように振り返った。しばらく緑子を見つめる。緑子が頷いたのを見て、途端に空気が抜けたようにぐったりしてしまった。

緑子が顔を上げる。一瞬、あかりと目が合った。緑子はそのままカウンターを見回すと、「表に連れていきます」と誰に向けたわけでもなく告げた。女性を立たせると、身体を支えながら店の外へ出ていく。

「大丈夫ですか」

しゃがみ込んだ早紀のもとに最初に駆けつけたのは遥だった。いつの間にかトイレから戻ってきていたらしい。ほかのスタッフも我に返ったようにカウンターから出ていく。

あかりもあわてて早紀の側へと行った。

「私は大丈夫」早紀は肩で息をしていた。「さっきの女性は？」

「七五三さんが表に連れていきました」あかりは答えた。

そう、と早紀が頷く。「私はいいから、みんなはお客さまに謝ってちょうだい」

はい、と答えたスタッフたちが客席のほうへ向かおうとする。

あかりも行こうとしたが、「真行寺さん」と早紀に呼び止められた。「あなたは事情が分かってないでしょう。お客さまはいいから、七五三さんの様子を見てきてちょうだい」

「分かりました」よく分からなかったがそう返事をした。

正面の自動ドアから表に出る。日差しがまぶしかった。

左右を見てみるが、緑子の姿はない。

あかりはとりあえず駅のほうへ駆けだした。しかし、しばらく行っても二人の姿は見当らない。まだそれほど遠くへは行っていないはずだ。

あかりは来た道を戻ることにした。

店の前を通りすぎていく。さらに十メートルほど進むと、以前風で飛ばされた帽子が転がり込んだビルのあいだに、制服を着た緑子の姿が見えてきた。どうやら駅とは反対方向へ来ていたらしい。

「七五三さん」

緑子が振り返る。あかりを見てあわてた表情になった。顔を戻すと、「ヤバい。さっさと行け」と小声で誰かに伝えている。

近くまで行って、「あ……」とあかりは声をもらした。

緑子の前に、先ほどの女性が座り込んでいた。その奥にもう一人、男が立っている。男はあかりを見ると、「やあ」とうれしそうに片手を挙げた。「また会ったね」

男に会うのはこれで三度目だった。過去二回と同様、赤シャツに白ネクタイという派手な格好をしている。頭にはソフト帽をかぶっていた。緑子が《ストーカー》と呼んでいた男だ。

「ほらみろ」緑子が咎《とが》めるように言った。「モタモタしてるから見られたじゃないか」

「まあいいじゃないか」男が答える。「相手はあかりちゃんなんだから」

あかりは驚いて「どうして私の名前を？」と訊いた。

「しょっちゅうグリコから聞かされてるからね」

「グリコ？」

「こいつのこと」男が緑子を指差す。「グリーンの子でグリコ。あかりちゃんもそう呼んであげて」

「余計なこと言ってないで、さっさと行ってくれ」緑子が懇願するように告げた。「ほかの奴らに見られたらマジでヤバい」

「分かった、分かった」男が女性を立たせようとする。「ほら、立ちましょう。調査がムダになって困るのは奥さんなんですよ」

「ねえ、七五三さん」あかりは緑子に話しかけた。

緑子が横目でこちらを見る。「なんだ」

「この人、ストーカーじゃなかったの？」と男を指差す。

「へ？」男が動きを止める。

「そのとおりだ」緑子が頷いた。

「はあ？」男が素っ頓狂な声を上げる。「僕がストーカー？」

「今度説明するからさ」緑子がうんざりしたように言った。「とにかくさっさと行ってくれ」

といきなり男の尻を何度も蹴飛ばし始める。

「わ！　バカ！　蹴るな」

「——相変わらずだな、シメリュウ」

突然、背後から声が聞こえて、あかりは飛び上がりそうになった。振り返って、あ、とつぶやく。

タバコをくわえた藪田が立っていた。あかりを見て、「よう、お嬢ちゃん」とニヤけた表情を見せる。「その節は世話になったな」

「これはこれは藪田さんじゃないですか」男の声が急にワントーン低くなった。「そちらも相変わらずの荒《すさ》みようでなによりです」

「おかげさまでな」藪田が男のかかえる女に視線を向ける。「依頼人の管理もロクにできないとは、シメリュウも堕《お》ちたもんだ」

男が藪田を眺める。「どうして彼女が依頼人だと知ってるんです？」

「当然だろう。俺がおまえんとこを紹介してやったんだから」

やっぱりね、と男が鼻を鳴らす。「ピエロ絡みの案件だからおかしいと思ってたんです。なにを企《たくら》んでるんですか」

「人聞きが悪いな。俺はよかれと思ってやったんだぜ」藪田が緑子を横目で見た。「俺だってこの子の両親のことは心配してんだ」

「あんたの話を信じる人間は誰もいません。警察内部にもね」

「竜《りゅう》おじ」緑子が焦った口調で言う。「頼むから早く行ってくれ。私たちもそろそろ戻らないとまずい」と店のほうを振り返った。

「分かった」男が頷く。

藪田がタバコを投げ捨てると、「手伝ってやろうか」と楽しげに言った。

「けっこうです。彼女は僕の依頼人ですから」男がきっぱりと断る。あかりを見て、「また会おうね」と笑顔を見せると、女性を連れてあっという間にいなくなってしまった。

「行くぞ、真行寺」緑子が店のほうへ歩きだす。

あかりも急いでそのあとに続いた。途中で振り返ると、藪田が新しいタバコをくわえてニヤニヤしていた。

「ねえ、七五三さん」あかりは歩きながら声をかけた。

「なんだ」

「私、七五三さんと友だちになりたいの」

緑子が立ち止まる。マジマジとあかりを見つめた。

「だから、ちゃんと説明してほしい」

緑子は黙ってあかりを眺めていた。しばらくしてゆっくり瞬《まばた》きをする。「分かった」と頷いた。「今度、ちゃんと説明する」

「ありがとう」あかりは笑みを浮かべた。

2

「以前からいるスタッフはみんな彼女のことを知ってるんだ」目の前の札山がレモンサワーに口をつける。「押しかけてくるのは、これで三回目だからね。知らないのは、最近入った君たち二人と風永さんだけなんだ。もしかしたら風永さんは神鳥さんから聞いてるかもしれないけどね」

和食居酒屋・高月の店内は今日も混み合っていた。

あかりは札山と同じレモンサワーを飲んでいる。テーブルにはいつもの天ぷらが載っていた。相変わらずおいしいとは思わないが、クセになるという意味は分かってきた気がする。

緑子は隣でいつもどおり熱かんを飲んでいた。胸にネコのプリントが入ったTシャツを着ている。この場には遥も誘われたが、「約束がある」ということで来ていなかった。

「うちで働いていたバイトの子が亡くなったという話は覚えてるかな」札山が続ける。

「覚えてます」あかりは頷いた。二週間前の歓迎会で聞いた話だ。

「今日来た女性は、その亡くなった花中慎吾《はななかしんご》くんのお母さんなんだ。花中景子《けいこ》さんという」

あかりは反射的に緑子を見た。昼間の様子からして緑子が知らなかったとは考えにくいが、表情に変化はなかった。

「花中くんは三丁目にあるビルの屋上から転落した。警察は事故として処理している」

「自殺の可能性はないんですか」

「二つの理由から、事故と判断されたんだ」札山が指を一本立てる。「一つは遺書と動機がなかったことだ。これは告別式で父親が話していたから間違いない」

「店長は告別式に行かれたんですか」

「もちろん。告別式のときは母親もあんな感じじゃなかったよ」札山がレモンサワーを飲み干した。近くの店員に同じものを頼む。

「もう一つはなんです？」

あかりの問いに、札山はしばらくためらっていた。「そっちはあまり大きな声じゃ言えないんだ」と声のトーンを落とす。

あかりは耳を澄まそうと前のめりになった。

「花中くんの遺体からは――」と言いかけて札山が言葉を切る。

レモンサワーが運ばれてきた。

店員が行くのを待ってから、札山は再び口を開いた。「花中くんの遺体からは、ハピハピという危険ドラッグの成分が大量に検出されたんだ。ハピハピは知ってる？」

「知ってます」あかりは答えた。「このあいだ、七五三さんに教えてもらいました」

「教えてもらった？」札山が目を丸くした。「二人でやったのかい？」

「違います、違います」あかりはあわてて否定した。「そういう危険ドラッグがあるってことを教えてもらっただけです」

「真行寺さんの知り合いで急激に痩せた子がいたんで」緑子が説明する。「ハピハピを使ってるのかもしれないって話をしたんです」

「ハピハピで痩せるって噂は聞いたことがあるな。使い方によっては、酒で酔ったような状態にもなるそうだ。そのため、警察は彼がビルの屋上でハピハピを使用して、転落したと結論づけたんだよ。それがもう一つの理由だ」札山が肩をすくめる。「遺書も動機もない。転落する原因もある。自殺と考えるほうが無理のある話だ。あれはまぎれもない事故なんだよ。でも、母親はそう思っていない」

「どうしてです？」あかりは訊いた。

「事故のあと、母親に妙な話を吹き込んだ奴がいてね。花中くんがうちの店でイジメにあってたというんだ」

「イジメ？」あかりはふと思いついて、「だから、ありもしないイジメの噂が広がったんですか」と訊いた。

「そうだ」札山が頷く。「母親が最初に怒鳴り込んできたあとには、スタッフにヒアリングもした。でも、イジメの話は一つも出てこなかった」

「お母さんにはそのことを伝えたんですか」

「もちろん。しかし、聞く耳を持たないんだ」札山が困ったように笑う。「それどころか、息子がハピハピに手を出したのは、イジメの苦しさから逃れるためだったと主張し始めた」

あかりはあきれてしまった。「完全な責任転嫁じゃないですか」

「息子がハピハピを使っていたことや死そのものを受け止められないんだろう。気持ちは分かるけど、こっちとしては困った話だよ」

「死んだ子はクビの予定だったと聞きましたけど」緑子が天ぷらをかじりながら言った。

札山が虚を衝かれた表情を見せる。「よく知ってるね」とあきれたように笑った。「でも、クビは違う。彼には問題行動があってね。話し合いで辞めることが決まってたんだ」

「問題行動？」あかりは首をかしげる。

「詳しくは言えない。でも、モメたわけじゃないのは確かだ」

「お母さんはそのことを知ってるんですか」

「辞める予定だったことはね」札山が肩をすくめる。「実はそのことも母親はイジメが原因だと主張してるんだ。本当の理由を教えてもいいんだが、彼の名誉に関わる話だからね。気を利かして黙ってるのに疑われるなんてむくわれないよ」

お金でも盗んだのかもしれないとあかりは勝手に想像した。それなら母親に理由を隠すのも理解できる。

「イジメがあったってウソを吹き込んだのは誰なんですか」

「おそらく昔から俺を目の敵にしてる人だ」

あかりはピンと来た。「もしかして、あの藪田って刑事さん――」

「たぶんね」

「そのことをお母さんに話したらいいんじゃないですか」

「ムダだよ。向こうは刑事だ。一般人の俺と刑事のどっちの言葉を信じると思う？」

「本当にイジメはなかったんでしょうか」緑子が訊いた。

札山が眉をひそめる。「……どういう意味？」

「店長は最近うちの店で嫌がらせがあったことを知っていますか」

「なんだって？」

「女子更衣室である子のカバンが隠されたんです」

あかりは思わず緑子を見た。

「クリーニングに出す制服を入れる箱に隠すように置かれていたと聞きました」

「悪質だな」札山が顔をしかめる。「被害にあったのは誰？」

「分かりません。私も人づてに聞いただけですから」

「あかりちゃんは聞いたことある？」札山が質問してくる。

《あかりちゃん》という呼び方に緑子がこちらを見た。しかし、気づかないフリをする。

「噂で聞きました。でも、誰かは知りません」あかりはそうごまかした。嘘をつくのは気が引けたが、自分が当人だと知られるのはもっと嫌だった。

「そんなことがあったのか」札山が腕組みをする。「少し気をつけてみるよ。君たちもなにか分かったら教えてくれ」

あかりは頷いた。緑子も首を縦に振る。

ただね、と札山がほほ笑んだ。「今回の件と花中くんの件は関係ないと思うよ」

緑子が札山を見つめる。「どうして言い切れるんです？」

「花中くんはプライドの塊みたいな男だったからね。本当にイジメで苦しんでたとしたら、自殺するより相手を殺すタイプだ。彼を直接知っていれば、きっと誰でもそう思うよ」

3

さて、と札山がポケットから取り出した携帯を確認する。「そろそろ行くとするかな」

「え？」あかりと緑子は同時に声を上げた。

緑子はつい先ほど新しく日本酒を注文したばかりだ。あかりもまだレモンサワーが半分近く残っている。

「君たちはそのままいてくれていいからさ」

「え？」とまた二人一緒に声を出してしまった。

「会計も気にしなくていい。明日にでも払いに来るし」札山が椅子から腰を上げる。

「で、でも」あかりはあわてた。「私たちだけでなんて――」

札山があかりを見つめる。口元に笑みが浮かんでいた。

ハッとした。札山は気をつかってくれているのだ。あかりたちがいまだにギクシャクしているのを見て、仲直りする機会を作ってくれようとしているに違いない。

「時間は大丈夫なんだろ」札山が緑子を見た。

「ええ、まあ……」緑子が答える。

「あかりちゃんは?」

あかりは緑子の様子をうかがった。緑子は日本酒をなめるように飲んでいる。どこか落ち着かない様子に見えた。

「平気です」と答える。

札山が満足げに頷いた。「じゃあ、ごゆっくり」と言い残して店から出ていってしまった。

二人で残されて、どことなく気まずい空気が流れる。

緑子が突然立ち上がった。席を離れようとする。

「帰っちゃうの?」あかりは焦ってそう訊いた。

緑子がメガネを直すと、「違う」と答える。「そっちに移るんだ」と札山が座っていた席を指差した。

ポーズをする。

「あ、そういうこと」あかりは胸をなで下ろす。

緑子は席を移動すると、おちょことお銚子を引き寄せた。手酌をしようとしたので、「ちょっと待った」とあかりは制した。お銚子を取り上げると、「おひとつどうぞ」と酒を注ぐ

緑子が苦笑いしながら、「頼む」とおちょこを差し出した。

あかりはそこに酒を注ぐ。

「真行寺も飲むか」

「飲みたいけど、まだこれがあるんだよね」とレモンサワーのグラスを指差す。

「置いといてくれれば、私がチェイサー代わりに飲むぞ」

「チェイサーってなに？」

「強い酒と一緒に飲む弱いアルコールや炭酸のことだ。日本だと水のことも多いけどな」

「なんでチェイサーって言うの？」

「チェイスは日本語で追いかけるという意味だ。強い酒を追いかけるように飲むから《追いかける者》、チェイサーと呼ぶ」

「グ、グ、グリコちゃんって物知りだねえ」あかりは感心した。

「そんなことより飲むのかどうか――」と言いかけて緑子が言葉を切った。あかりをマジマ

ジと見つめる。「……今、なんて言った？」

「物知りだねえって」

違う、と緑子が首を振る。「その前だ」

「その前？　なんだろう」あかりは唇に指を当てた。

「……わざとやってるだろ」

へへ、とあかりは舌を出す。「グリコちゃんって言ったよ」

緑子の顔がみるみる真っ赤になっていく。おちょこの酒を一気にあおった。

「呼んでもいいでしょ」

「ダメだ」

「どうして？　ストーカーさんは呼んでたじゃない」

「ストーカー？」緑子が不可解そうな顔をした。すぐに、ああ、と納得した顔になる。「竜おじのことか」

「あの人は誰なの？」

「七五三竜之介《りゅうのすけ》といって親せきのおじさんだ」

「あ、だから、シメリュウなのか」

「グリコなんて呼ぶのは竜おじだけだよ」

「私もいいでしょ。この前も言ったけど、ちゃんと友だちになりたいの」

緑子があかりを見つめる。「ホントに私なんかと友だちになりたいのか」

「グリコちゃん、友だちいないんでしょ」

「悪かったな」

「私も友だちと呼べる人が一人もいないの」

「へ？」

「友だち素人同士、ちょうどいい組み合わせだと思わない？」

緑子はしばらくあ然としていた。やがて吹き出す。「本当に真行寺はヘンな奴だな」

「グリコちゃんに言われたくないけどね。それと、その呼び方はやめてくれる？」

「呼び方？」

「真行寺って呼び方。私のこともちゃんと下の名前で呼んで」

「いや、それは――」

「呼ばないなら、藪田刑事のこととか花中景子さんのこととか店長にしゃべっちゃうから」

緑子が顔をしかめる。「おまえってときどき妙に強くないか」

「ね、呼んでくれるでしょ」

「……鋭意努力する」

あかりは笑ってしまった。この勢いに乗って謝ることにする。

「この前はゴメンね。心配してくれたのに、イヤな態度とっちゃって」

「私のほうこそすまなかった」緑子が両手をテーブルにつくと頭を下げた。「おまえの気持ちをまったく考えてなかった。付き合ってるんだろ、店長と」

「え？」あかりは大声を上げてしまった。グラスを倒しそうになってあわてて手で押さえる。

「違うのか」

「違う、違う」あかりは強く首を振った。「ぜんっぜん、そんな関係じゃないから！　二人で出かけたことだって一度もないし」

「そうなのか」緑子が意外そうに言った。「てっきり付き合ってるのかと思ってた。でも、好きなんだろ」

「それは、自分でも、よく分からないけど……」ストレートに指摘されて、あかりは下を向いてしまった。耳のあたりがやたらと熱く感じる。

緑子が店員を呼び止めておちょこをもう一つもらった。あかりにも日本酒を注いでくれる。

「ありがとう」あかりは酒の注がれたおちょこを受け取った。

緑子が何度か咳払いをした。「あか――」と言いかけてもう一度咳払いする。「あか――りは店長がどういう人間か知らないだろう」

あかりは緑子の顔をのぞき込んだ。

「もう一回言ってみて」

「……おまえ、意外とSだろ」

「いいから言ってみて」

「……あかり」

「もう一回」

「あかり」

「もういっちょ」

「あかり！」緑子がヤケになって叫んだ。レモンサワーのグラスを奪うようにつかむと、半分あった中身を一気に飲み干す。

あかりは笑った。「だいぶ慣れたでしょ」

「ああ、慣れたな」緑子も笑う。自然な笑みだった。

「グリコちゃんは店長がどういう人か知ってるの？」

「あかりよりはな。だから、やめたほうがいいと思ったんだ」

「でも、カバンを隠されたことにも対応してくれる人だよ」

「それは責任者として当然だろう」

「そういえば、カバンの話は私だって知ってたの？」

「風永遥から聞いた。おまえを心配して私に話したみたいだ。一緒にいる機会が多いだろうから、気をつけてやってくれと言われたよ」緑子が照れたように頭をかく。「私たちはずいぶん仲良しだと思われてるみたいだった」

「そうなの？　友だちになったばかりなのにね」

あかりが笑うと、「だな」と緑子も笑った。「誰がやったのか心当たりはないのか」

「全然」と首を振る。一瞬だけ緑子を疑ったことは黙っておいた。「私のカバンだと知らないでやったかもしれないし」

「ロッカーを開けられた可能性もあるんだろ」

「絶対にロッカーに入れたかと言われると自信がないんだよね。私だったら置き忘れとかしそうでしょ」

「しそうだな」緑子があっさり同意した。「大いにありそうだ」

「ちょっとお」あかりはむくれる。「少しは否定してくれてもいいでしょ」

「事実だから仕方がない。いずれにしろ、そのことは様子を見るしかなさそうだな。なにかおかしなことがあったらすぐに言えよ」

うん、とあかりは頷いた。「それより、いろいろ教えてほしいことがあるんだけど」

「分かってる」緑子が大皿から取った天ぷらを直接口に放り込んだ。「ホントにいつ食べてもおいしくないな」

「でも、ちょっとクセになるよね」

「それも分かる。で、なにが知りたいんだ」

「まずは竜おじさんのことかな」

「竜おじのなにが訊きたい？」

「なんであんな格好なの？」

緑子が吹き出した。「それは私も知りたいよ」

＊＊＊

【危険】ハピハピでハッピー【ドラッグ】８
４２８：名無しのバイヤー
　やってる奴が最近メッチャ増えた気がする。
４２９：名無しのバイヤー

>>428　俺の周りも二人に一人はやってる印象。

430：名無しのバイヤー
ハピハピってどこで手に入るんですか。

431：名無しのバイヤー
>>430　普通に街中で売ってるよ。
値段は粉末状にしたもので3グラム3000円前後かな。
噛んで使うんなら、乾燥させただけのやつを買ったほうがいいね。

432：名無しのバイヤー
>>431　ありがとうございます！

433：名無しのバイヤー
私の周囲でもダイエットとして使ってる子が多数。
半分以上は効果ある印象。

434：名無しのバイヤー
＞＞433　ダイエット効果は確かにありますよ。

435：名無しのバイヤー
ハピハピってドラッグなんですよね。
こんなおおっぴらに話していいんですか？？

436：名無しのバイヤー
＞＞435　ハピハピは危険ドラッグ。
違法性はないのでおk。

437：名無しのバイヤー
＞＞436　危険ドラッグって前は脱法ドラッグって呼ばれてたんですよね。
脱法だったら法を逸脱してるってことでしょう。
つまり、違法性はあるってことじゃないんですか。

438：名無しのバイヤー
>>437　脱法とは、法律の規制から脱しているという意味。
言い換えれば法律の規制対象外、つまり規制されてないということ。

したがって、脱法ドラッグとは合法ドラッグを意味している。

ただし、その呼び方だと「法律で許可されてるんでしょ。じゃあ、安全じゃん」と勘違いして使うバカが多いため、警察庁と厚労省が『危険ドラッグ』と名称を変更することに決めた。

以上、物知りドラッガーがお伝えしました。

439：名無しのバイヤー
>>438　ありがとうございます！
ずっと変だなと思っていたことがスッキリしました。

440：名無しのバイヤー
モデルでも使ってる奴多いって聞いたけどマジ？

441：名無しのバイヤー
＞＞440　読モはほとんど使ってる。
安く手に入るルートがあるから。

442：名無しのバイヤー
先日の殺人事件にハピハピが絡んでいるとの噂もあるよ。

443：名無しのバイヤー
＞＞442　AV事務所の社長が殺されたやつでしょ。

444：名無しのバイヤー
＞＞442、443　あの事件には触れないほうがいい。

445：名無しのバイヤー
＞＞444　何で？

446：名無しのバイヤー
≫445　ヤバい組織が絡んでるから。

447：名無しのバイヤー
≫446　ヤバい組織ＷＷ

448：名無しのバイヤー
≫447　無知野郎は黙ってろ。
お前みたいな引きこもりには分からないことが世の中にはあるんだよ。

449：名無しのバイヤー
ハピハピは使わないほうがいいです。
中毒性や常習性はヘタな麻薬より強いと言われています。
違法な薬物、つまり麻薬はある意味、管理された薬です。組成や副作用が分かっているため、異常が発生した場合でも医療機関で比較的スムーズに対処することができます。

しかし、危険ドラッグは適当に作られている物が多いため、なにが混入しているか分からず、異常を感じて医療機関を受診しても治療法が分からないことも少なくありません。そのため、むしろ麻薬より危険と言ってもいいぐらいです。

そのことが分かっていない人があまりにも多すぎる気がします。

４５０：名無しのバイヤー
Ｋドラはそのうち規制が厳しくなるから手に入れるなら今のうちだよ。
業者も規制前に売りさばこうと最近は叩き売りしてるしね。
さあ今がチャンス。君も繁華街へ走れＷＷ

4

「竜おじは母の弟なんだ」

「いくつなの？」

「四十三」

「見た目、若いねえ」

「絶対本人に言うなよ。つけあがるだけだからな」

高月の店内は騒々しいぐらいにぎやかだった。いたるところから笑い声が聞こえてくる。客層はサラリーマンが多く、あかりと緑子の女二人組は少し異質な感じだった。

「おじさんと藪田刑事は知り合いなんでしょ。どういう関係なの？」

「藪田は私の父の元同僚だ。父はかつて警視庁組織犯罪対策課に所属する警察官だった。そのときコンビを組んでいたのが藪田なんだ」

「それでおじさんとも知り合いなんだね」

「竜おじもああ見えて警視庁の元刑事だからな。自称、捜査一課トップの腕利きだったらしい」緑子が鼻で笑う。

「グリコちゃんのお父さんはまだ警察にいるの？」

いや、と緑子が視線を伏せた。「私の両親は十二年前から行方不明になってる」

「行方不明？」あかりは目を見開いた。「どうして？」

「私の父は十二年前、藪田とともにある暴走族の捜査を担当していた。東京ピエロという名前は聞いたことないか」

「知らない」

「当時、関東で知らない者がいないほどの勢力を誇っていた暴走族だ。殺しも平気でやる集団だったらしい。担当していた父もずいぶんと脅されていたそうだ」

「警察官を脅すの？」

「竜おじの話だと、実際に襲われた警官もいたらしい。怖いもの知らずで、ある意味、暴力団より厄介だったと言っていたよ」

あかりはハッとした。

「そのピエロがグリコちゃんのお父さんとお母さんになにかしたってこと？」

緑子がカウンターのほうを向く。視線の先では、店長の高月が忙しそうに動き回っていた。

「失踪直前、藪田が父から電話を受けたそうだ。しばらく身を隠すが心配しないでくれと言っていたらしい」

「どうしてそんなことする必要があったの？」

「理由は言わなかったそうだ。藪田の証言を根拠に、父と母は自らの意思で姿を消したと判断された。しかし、本当に本人たちの意思だったのかどうか疑わしいと私は思っている」

「どういうこと？」

「竜おじによると、直前に父はピエロの主要メンバーを根こそぎ逮捕できるネタを手に入れたと話していたそうだ」

「じゃあ、やっぱりピエロが二人を？」

「可能性は大いにあると思う。その場合、藪田はウソの証言をしたことになる」

「あ……」

「今は証拠がないが、奴の化けの皮はいつかはいでやるつもりでいるよ」緑子が「飲むか」とあかりにお銚子を差し出した。

注いでもらうとお銚子が空になる。緑子が新しく注文した。

「東京ピエロは今どうなってるの？」

「十年前に解散した。しかし、元メンバーの多くが《カンパニー》という組織に移行しただけで、いまだに活動を続けている」

「カンパニーも暴走族？」

「違う。裏ビジネスを大規模に手がける組織だ」

「裏ビジネスって？」

「主に闇金や振り込め詐欺だな」

あかりは顔をしかめた。「さっさと逮捕すればいいのに」

「もちろん警察も捜査はしてる。しかし、元メンバーが表に出てくることはまずない。摘発しても捕まるのは末端だけで、組織や幹部については知らないことがほとんどだ」

「なんだかすごい話だね。私には縁のないことばっかり」

「しかし、遠い世界の話ってわけでもない。どれも自分たちのすぐ隣で起こってることだ」

「グリコちゃんはどうしてそういうことに詳しいの？」

「私は探偵なんだ」

「たんてい？」聞き慣れない言葉にあかりは首をかしげる。「たんていって『犯人はあなたです』の探偵さん？」

緑子が笑う。「ホントにそんなセリフを口にする探偵がいるのかどうかは知らないけどな。まあ、その探偵だよ」

「すごーい。二十歳の女の子が探偵なんかできるんだ」

「年齢や性別は関係ないだろう。竜おじがやってる事務所で働いてるだけだ」

「おじさんも探偵なの？」

そうだ、と緑子が頷く。「私の両親が行方不明になった直後に、警視庁を辞めて探偵事務所を始めたんだ」

あかりはふと疑問を覚えた。「探偵さんがどうしてファストフードでアルバイトしてるの？　不況だから？」

「違う、違う」緑子が苦笑いする。「潜入調査だよ。ドームスを調べてるんだ」

「そうなの？」あかりは目を丸くした。「なにを調べてるわけ？」

「本当は話せることじゃないんだがな」緑子が新しいお銚子から日本酒を注いだ。「でも、あかりには今さら黙ってるわけにもいかないだろう。私が調べてるのは、花中慎吾が死んだ理由だ。依頼人は慎吾の両親、花中夫妻だよ」

「あ！」

「これで私が花中景子と面識があった理由が分かっただろう」

「そういうことだったんだ……」

「当初は両親も事故だと思っていたらしい。ハピハピのこともあったしな。しかし、《ある人》がドームスで慎吾が陰湿なイジメにあっていたと教えてくれたそうだ。それで自殺の可能性を疑い始めて、うちに調査を依頼してきたんだよ」

「その《ある人》が藪田刑事なのね。で、実際にイジメはあったの？」

「今のところ確認はできていない。全員がだんまりを決め込んでる可能性もあるが、それはなさそうだというのが私の印象だ」

「じゃあ、藪田刑事の作り話だったってこと？」

「そういうことになるな」

「ひどーい」あかりはむくれた。「どうしてそういうことするの？　いくら店長を目の敵にしてるからってやりすぎじゃない」

「東京ピエロには第一世代から第五世代という年代ごとのグループがある」

「……え？」

「その中の第五世代、G5は自らを《ニューエイジ》と呼んで、ピエロ解散後もカンパニーとは一線を画しているんだ。一線を画すどころか、むしろ対立してると言ってもいい」

「それがどうかしたの？」

「藪田はかつてピエロに情報を流していた可能性がある。今もカンパニーとつながってる可能性は高い。カンパニーにとって邪魔なG5を陥れようとしていると考えれば納得はいく」

「どういうこと？」まったく意味が分からず、あかりは当惑した。

「よく考えてみろ」

「考えろって言われても――」あかりは口を尖らせた。

藪田が陥れようとしているのはG5だ。だとしたら、「イジメがあった」と嘘をつくことで迷惑するのはG5でなければ辻褄《つじつま》が合わない。

しかし、実際に藪田がついた嘘でデメリットをこうむるのはドームスだ。G5はまったく関係がない。どう考えても意味が分かるはず――。

「あ！」あかりは思わず声を上げた。「まさか……」

そう、と緑子が頷く。「そのまさかだ」

「札山店長は、元暴走族……？」

「そうだ」緑子が答えた。「札山聡一郎は史上最悪と言われた暴走族、東京ピエロの最終世代、G5の元リーダーなんだよ」

5

「元暴走族がすべて悪いとは言わない」緑子がおちょこに口をつけながら続けた。「でも、東京ピエロは特別だ。ネットで調べてみるといい。ピエロ絡みの事件では多くの人間が死んでいる。店長も何度か少年院に入ってるはずだ」

緑子の説明を聞きながら、あかりはぼう然としていた。

札山本人も若いころ無茶をしていたと話していたが、そこまで強烈なものは想像していなかった。せいぜいバイクを乗り回したり、高校生が喧嘩したりする程度だと思っていた。

ショックを受けなかったと言えば嘘になる。しかし、ダマされたという気はしなかった。むしろそこからやり直したと思うと感心さえしていた。

ただし、と緑子が続ける。「さっきも言ったように解散後のG5はほかの世代と少し違う。

カンパニーには加わらず、表のビジネスで稼いでいるからだ。イク・エンタテインメントの社長、野田郁夫《いくお》という出資者がいたおかげでね」

あ、とあかりは声をもらした。「その人、知ってる。事務所で会ったことがあるの。いきなり名刺を渡されて、芸能界に興味あったら連絡してこいって言われた」

「東京ピエロ時代、野田はG5をボディーガード代わりに使っていたんだ。その縁から、解散後にそれぞれのメンバーに対して一千万ずつ出資した」緑子がカウンターのほうへ目をやる。「やみつきドームスやここ高月はその資金を元に開店したんだよ」

緑子の視線の先を見やった。仕事が一段落したのか、店長の高月が腕組みをしている。目が合うと白い歯を見せた。

「店長さんも元ピエロなんだ……」

「G5と呼ばれる第五世代には五人がいる。札山聡一郎、高月茂雄《しげお》、浅川洋介《あさかわようすけ》、脇博之《わきひろゆき》、名波幸一の五人だ。このうち名波幸一が先日殺された店長の友人だよ」

「あれって犯人は捕まったの？」

「まだだ。ただし、ネット上ではカンパニーが殺したんじゃないかと言う奴もいる。G5側による報復の噂もささやかれてるよ」

「まさか！」あかりは目を丸くした。「それって店長たちがやるってことでしょ。あり得ないよ、そんなこと」

「しかし、ピエロ絡みならあり得ると世間は思ってるんだ」

「店長を直接知らない人が噂してるだけでしょ。今の店長がそんなことするわけないもん」

「両者の対立は有名だからな。現役時代には実際にぶつかって上の世代に死者が出たこともあるぐらいだ。互いに対する恨みは根深いと言われている」

「どうしてそんなに仲が悪いの？」

「G5があまり暴力を好まず、野田のようなセレブに取り入ったのが原因だという説が一番有力だ」

「暴力なんて好まないほうがいいのに」

「もともと東京ピエロは容赦ない暴力で名前を売ったんだ。上の世代としてはそれを否定されたようでおもしろくなかったんだろう。引退後もカンパニーに加わらず、表のビジネスだけで食っているのも忌々しく思ってる理由の一つかもしれない」

「そんなの立ち直った人がおもしろくないだけでしょ」

「そういう面も少なからずあるだろうな」

「私、G5の人たちはすごいと思う。ちゃんとやり直したわけでしょ。店長なんか昔からの夢だったファストフード店を開いたんだよ。普通できないよね」

緑子が薄く笑う。「まあ、そういう見方もできるな」

「G5以外の元ピエロの人はいまだに仲間と一緒に悪いことしてるんだよね。きちんと過去を清算して生きてる人たちがうらやましいだけだよ」

「私から見たらどっちもどっちだけどな」

あかりは口を尖らせた。「全然違うじゃん」

「過去に他人を散々傷つけてきた点では同じだ」

「店長たちはちゃんと反省してるでしょ」

「本当に反省してるのかな」

もう、とあかりは腕を組んだ。「グリコちゃんはどうして過去にそんなに厳しいの?」

「前にも言っただろ。加害者は簡単にその過去を忘れるからだ」緑子が日本酒をあおるように空ける。「身をもって経験した人間としては、そう簡単には信じられないんだよ」

6

帰宅して時計を見ると、午後十時を回っていた。隣の部屋からはひかりが流すクラシックの音がかすかに聞こえている。

していることがありすぎて頭の中が飽和している。

ベッドに腰を下ろすと、あかりは息をついた。いろいろなことがありすぎて頭の中が飽和している。

東京ピエロの話は確かにショックだった。今の札山からは想像もつかないが、過去にはひどく他人を傷つけたことがあったのかもしれない。考えると、重い気持ちになってしまう。

しかし、あかりは今の札山を信じたいと思っていた。「人生はいつだってリセットできる」とは以前、札山が言っていた言葉だ。札山はその言葉を実践したということだろう。

今日はうれしいこともあった。緑子との距離が近づいたことだ。思い出すだけで、くすぐったい気分になる。これからもっともっと仲良くなりたい。

ただ、一つだけ気がかりなことがあった。

緑子が現在ドームスに《潜入調査中》だということだ。調査はいつか終わりを迎える。そのとき、緑子はドームスからいなくなってしまうのだろうか。

もちろん同じバイトでなくても仲良くはできる。関係を深めることも可能だ。しかし、どこかさびしく感じるのも事実だった。

部屋のドアがノックされる。

はい、と返事をすると入ってきたのは母のゆかりだった。背筋が真っ直ぐ伸びて、四十八歳とはとても思えない。

ゆかりが顔をしかめた。「お酒臭いわね。飲んでるの？」

「少しだけ」

ゆかりがあきれた顔をする。「まあいいわ。ちょっと立ちなさい」

あかりが腰を上げると、ゆかりは観察するように目を細めた。

「あなた、少し太ったんじゃない？」

「変わらないと思うけど」

「いいえ、太ったわ」ゆかりが断言する。

さすがに母の目はごまかせない。しかし、太ったといっても半年前から三百グラムだ。普通の人には絶対分からないだろう。

「それはそうと、あなたはいつになったら戻ってくるわけ？」

母が部屋に入ってきたときから、この話になるのは想像していた。言わなければと思いながら、ずっと先延ばしにしてきた話だ。

「ケガが治ってるならさっさと戻ってきなさい。公演は来月なのよ」

「来月の公演はすでに配役が決まってるでしょう」

「あなたが復帰するなら変更するわ」

え、とあかりは思わず声をもらした。「……変更？」

「あなたが出られるなら、ミルタはあなたにするつもり」

横っ面を張られた気がした。戻ったとしても主役のジゼルはひかりでいくと宣言されたも同然だった。一瞬でも期待した自分を呪いたくなる。

「……ミルタは恵ちゃんでしょう」

「あれは仕方なくよ。今の彼女はできれば舞台に立たせたくないもの」

「どうして？」

「最近の彼女に会った？」

「ちょっと前に……」

「だったら、分かるでしょ。あんな容姿はバレリーナにふさわしくないわ」ゆかりが顔をしかめた。「ほかにできる人がいないからしょうがなくよ」

「そんな言い方しなくても……」

「じゃあ、あなたはあれが美しいと思うの？」

あかりは答えることができなかった。

「彼女はもともと主役を張れるタイプじゃないのに。あんなに痩せたら、かえって使い道がないわ」

母がずけずけとモノを言うのは昔からだった。特にバレエに関しては容赦がない。

「で、どうなの。いつから戻ってくるわけ？」

ママ、とあかりは姿勢を正した。「私、バレエを辞めようと思う」

ゆかりは表情を変えなかった。しばらくあかりを眺めてから「理由は？」と訊いてくる。

「自分の限界を感じたから」

ゆかりがあきれたように笑う。「今さらなに言ってるのよ」

「え……？」

「あなたの限界は、五年前のローザンヌのときにすでに分かってたことでしょう」

そこまではっきり言われると、さすがにショックを覚えた。

あれから五年のあいだ、母は才能がないと思いながらあかりを指導していたのだろうか。あかりが必死で要求に応えようとしていたときも、心の中でいつも失望していたのだろうか。

急に寒気を覚えた。身体が震えそうになるのを必死でこらえる。

「もう少しガマンできないの？」

「……ガマン？」

「あなたに今辞められると困るのよ。あなたにはこの先しばらくのあいだ、ひかりの盾になってもらいたいから」

あかりは眉をひそめた。「盾ってなに？」

「あの子に才能があるのは、あなたにも分かってるでしょう。でも、まだまだ未熟なところも多いわ。しばらくはさまざまな壁にぶち当たるはずよ。悪意ある非難にさらされることもあるでしょう。そんなとき、あなたには先輩として彼女を守る盾になってほしいの」

母は実力のある者だけが生き残れる世界で過ごしてきた。劣る人間が劣ることを受け入れるのは当然だと思っている。きっと悪気はない。しかし、悪気がないからこそ、その言葉は残酷だった。

「ひかりは来年のローザンヌに出場させるわ。あの子は間違いなくスカラシップを獲得するでしょう。そしたら向こうに留学することになる。そのあいだ、主役を張るダンサーも必要なの。あなたにはまだまだ充分な価値があるわ。辞めるのはそのあとにしなさい」

「もう決めたの」あかりは絞り出すように言った。これ以上話をしていたら、本当に母を憎んでしまいそうな気がした。「私はバレエを辞める。別の生き方を探すことにする」

母が憐れむような表情で笑う。「ムリに決まってるでしょう」

「どうして?」

「バレエ以外にあなたになにがあるの?」

あかりはあ然とした。

恵に言われるならまだしも、自分の母親から言われるとは思いもしなかった。頭に来るよりもはや感心してしまう。母こそ、バレエ以外になにもない人なのだ。

「先生……」あかりはあえてそう呼んだ。「申し訳ありませんが、もう決めたんです」

「決めたってあなたね――」

「お世話になりました」

「辞めてどうするつもり？　まさかあんな毒みたいなモノを作ってるところで、これからも働くつもりじゃないわよね」

「自分になにができるのか考えてみるつもりです」

「いつか後悔するわよ」

「このままバレエを続けたほうが後悔すると思います」

「まさか、私の娘がそんなこと言いだすなんてね」ゆかりが苦笑いをする。「よく覚えておきなさい。あなたはいずれ私に頭を下げることになるわよ」

あかりが黙っていると、ゆかりはため息をついた。「勝手にしなさい」と部屋から出ていってしまう。

――人生はいつだってリセットできる。

札山の言葉を思い出した。

本当にそうだと証明してやりたい。あかりは心の底からそう願った。

7

頭上には青空が広がっていた。真夏よりは過ごしやすくなったが、秋というにはまだまだ日差しが強すぎる。

まもなく九月が終わろうとしていた。あかりがドームスでのアルバイトを始めてから、そろそろ一か月が経とうとしている。当初はポテトの作り方さえ覚束《おぼつか》なかったが、さすがに仕事にも慣れてきた。今ではレジにいても落ち着いて笑顔を見せることができる。

裏の従業員通用口から店へと入っていく。

「おはようございます」

更衣室のドアを開けると、二時から一緒に入るスタッフがそろっていた。「おはよう」とそれぞれから返事が戻ってくる。風永遥もあいさつとともに笑顔を向けてきた。

緑子だけが不思議そうにこちらを眺めているが、不思議なのはあかりのほうだった。

「あれ？」と首をかしげる。「グリコちゃん、今日シフトに入ってたっけ？」

「おまえこそ、入ってないだろう」

「私が？」

「そうだ」

「今日、何曜日？」

「月曜」

もう、とあかりは笑いながら緑子を睨んだ。

「からかわないでよ。月曜日だったら毎週入ってるし」

「いや、おまえのシフトは消してあった」

あかりは当惑した。「どういう意味？」

「そのまんまの意味だ。おまえが休むことになってたから、昨日マネージャーから頼まれて私が出勤することになったんだ」

「ウソだよ」

「ウソじゃない」

「そんな覚えないんだけど」

「見にいってみるか」

「うん」

緑子と一緒に更衣室を出た。

アルバイトのシフトは、前月末にマネージャーが作成して廊下の壁に貼る。各バイトは入れない日があれば修正液で名前を消し、入れる人がその上から名前を書くことになっていた。

「な？」シフト表の前に立つと緑子があかりを振り返る。

緑子の言うとおり、今日のシフトから《真行寺》の名前が消えていた。上から《七五三》と書いてある。

「どうしてだろ」あかりは首をひねった。「消してないのに」

「ほかの日と間違えたんじゃないのか」

「それはないと思うけど」

九月のシフトの横には、十月のシフトも貼り出されていた。今日以外で《真行寺》の名前が消えている日はない。そもそもバイトを始めてから、あかりは一度も休んだことがなかった。つまり、シフトから自分の名前を消したことがないのだ。

緑子も気がついたらしく、「確かになさそうだな」と頷いた。

「誰かが間違って消しちゃったのかな」

「それなら、この時間に来ないバイトがいるはずだろう」緑子が更衣室を振り返る。「全員がそろってたぞ」

「それもそっか」

緑子が腕組みをした。シフト表を見つめると、「そういう可能性もあるのか……」と独り言のようにつぶやく。

「そういう可能性？」

「——真行寺さん、なにしてるの」店のほうから戻ってきた神鳥早紀が驚いたようにあかりを見た。

「入ってると思って来たんですけど」あかりはシフトを指差す。「入ってなかったみたいで」

「あなた、なに言ってるわけ」早紀が冷ややかにあかりを見つめた。「昨日、あなたのシフトが消してあるのを見つけて、あわてて七五三さんに頼んだんじゃない。直前に休む場合は、自分で代わりを探すように言ってあるでしょ。ルールは守ってちょうだい」

「真行寺さんは消した覚えがないそうです」緑子が言った。

「覚えがない？」早紀が眉をひそめる。

はい、とあかりは頷いた。「消してないと思います」

早紀が大げさなため息をついた。「言い訳はやめてちょうだい」

「言い訳ってわけじゃ——」

「うっかりしてたんでしょ。少しは反省して。あやうく人数が足りないところだったのよ」

「……すいません」あかりは仕方なく謝った。

「もういいわ。今度から気をつけてね」

「……はい」

早紀が行ってしまう。

あかりはため息をついた。

「大人じゃないか」緑子がからかうように言う。

あかりは口を尖らせた。「仕方ないでしょ。マネージャーに言い返したって通じないもん」

「いい心構えだ」緑子がほほ笑む。「シフト、代わろうか」

いい、とあかりは首を振った。「代わったら、マネージャーからまた嫌味言われそうだし」

「それもそうだな」

「ね、それより《そういう可能性》ってなに？」

緑子が周囲をうかがう。「これもカバンの件と同じかもしれないと思ってな」と声をひそめて言った。

「カバンの件って私の？」

緑子が頷く。「誰かの嫌がらせかもしれない」

「わざと消したってこと？」

「そう考えるのが一番納得できる気がしないか」

不意に首筋をなでられたような錯覚を覚えた。あかりは反射的に振り返る。

廊下には誰の姿もなかった。急に心細くなってくる。

「帰る」あかりは裏口へ向かおうとした。

「あかり」

振り返ると、緑子があかりを見つめている。

「私はおまえの味方だからな」

「ありがとう」あかりは笑みで返した。

表に出ると、相変わらず日差しが厳しかった。それでも少しホッとする。屋外にいるほうが気分的に楽に感じた。

歩きだそうとすると、背後のドアが開く。

「あかりちゃん」声をかけてきたのは遥だった。すでに制服に着替えている。「シフトが違ってたって聞いたけど」

「そうなんです」あかりは肩をすくめる。「うっかり消しちゃって」

ふーん、と遥はしばらくあかりを見つめていた。

「ねえ、あかりちゃん、一つ訊いてもいい？」

「なんですか」

「あかりちゃんって店長と付き合ってるの？」

「まさか！」あかりはあわてて否定する。「そんな関係じゃまったくありません！」

「噂でそう聞いたんだけど」

「この前もグリコちゃん――七五三さんから言われましたけど、まったくそんな事実はありませんから！」

「そうなのね」遥がどこか安心したように頷いた。「だったら、忠告があるんだけど」

「忠告？」

「店長のことはあきらめなさい」

「え……？」

「あかりちゃんは店長のことが好きなんでしょ」

「そんなこと――」あかりは目をそらしてしまった。

ふふ、と遥が笑いをもらす。「ホントにあかりちゃんって素直ね」

空気が揺れた。突然、頬がひんやりとする。

遥があかりの頬に触れていた。あまりの予想外な出来事に、あかりは手をどけることができなかった。

「店長だけはやめときなさい」遥は口元に笑みを浮かべている。「そうすれば、きっと嫌がらせはなくなるはず」

遥がゆっくり手を放した。頰にはまだ冷たさが残っている。
「あかりちゃんにはもっとステキな人がいるはずよ」遥がほほ笑んだ。「だから、札山店長のことはあきらめてほしいの。お願いね」

＊＊＊

【嵐の前の】東京ピエロ今昔物語【静けさ】70

121：名もなき外道
名波の件はいまだに進展なしか。

122：名もなき外道
G5が報復したって話も聞かないね。

123：名もなき外道
≫122　残りたった4人だからね。
次は自分かもって震えてるんじゃないの。

124：名もなき外道
≫123　あり得そう！
逆にカンパニーから追い込みかけたりして。
そうすればG5の全滅もあり得る。

125：名もなき外道
G5のリーダーって今は何やってるの？

126：名もなき外道
≫125　某ファストフードのオーナー店長F。
五年前、大手チェーンの店舗を居抜きで借りてオープン。
しばらく苦しい経営が続いたが、二年前のメニューリニューアルで、看板メニュー「××××ポテト」の人気に火がつき、現在は地元中高生の間で人気になっている。

127：名もなき外道

＞＞126　ソースは？

128：名もなき外道
検索すれば出てくる。

129：名もなき外道
＞＞128　出てこないけど。

130：名もなき外道
上のほうには出てこない。
もっとあとのほうに出てくる。

131：名もなき外道
あ、出てきた。マジだ。
店名や実名も書いてあるわ。

132：名もなき外道
俺も見つけた。
検索順位低!!

133：名もなき外道
G5の一人にAというネットビジネス会社の経営者がいる。
AがG5のメンバーと東京ピエロが結びつかないように逆SEOをしてる。

134：名もなき外道
>>133　逆SEOって?

135：名もなき外道
SEOはサーチ・エンジン・オプティマイゼーションの略。
検索順位を上げるための技術。
逆SEOは文字どおりその逆。
検索順位を下げるための技術。

　ＡがＧ５の奴らの名前に逆ＳＥＯをやってるから検索順位が低い。

１３６：名もなき外道
＞＞１３５　なるほど。
ひとつお利口になったわ。
ありがとね。

１３７：名もなき外道
＞＞１３３、１３５　おまえ、誰だ。
勝手に情報さらしてると、マジ、ぶっ殺されんぞ。

１３８：名もなき外道
＞＞１３７　クズの情報を流して何が悪いＷＷ
Ｇ５のふぬけ野郎なんか誰もビビんねえよ。

１３９：名もなき外道

≫138　カンパニーの関係者か。

140：名もなき外道
じゃあね、みなさん。アイルビーバック!!

第四章

1

「月曜日にあかりちゃんのシフトが消えてたらしいね」札山がそう切り出した。

「店長の耳にも入ったんですか」あかりは苦笑いする。「ドジすぎますよね。自分でもイヤになっちゃいます」

——話があるんだけど、このあと時間ないかな。

バイト終わりに札山から誘われて、和食居酒屋・高月に来ていた。二人きりは初めてだ。向かい合って座っているだけで、ソワソワして落ち着かなかった。気をつけていないと声が上ずってしまう。

今日から十月になっていた。店内は相変わらずサラリーマンで混み合っている。テーブルには天ぷらを盛った皿が置いてあった。

シフトからあかりの名前が消えていた件は、あかりの天然ぶりを示す笑い話として店でも広まっている。いずれ札山の耳にも入ることは予想していた。

「あかりちゃん」

「はい」

「本当のことを教えてくれないか」

「本当のこと？」

「シフトの件は誰かにやられたんだろう」

あかりは、あ、と口を開けたまま固まってしまった。とっさにごまかそうとするが、言い訳が思いつかない。

「やっぱりそうなんだな」札山が納得したように頷いた。「そうじゃないかと思ってたんだ」

「いや、あれは――」

「もしかしてカバンの件の被害者もあかりちゃんなのか」

あかりは返事ができなかった。

あかりが黙っていることで確信したのだろう。札山が長く息を吐くと、「すまない……」とうな垂れた。

「そんな……。店長のせいじゃありません」

「いや、俺のせいだ」札山がいきなりテーブルに両手をついた。深々と頭を下げる。「このとおりだ。許してくれ」

あかりはうろたえてしまった。「頭を上げてください」

いいや、と札山が下を向いたまま首を振る。「許してくれるまでこうしてる」

「許すもなにも怒ってませんし」

「怒ってくれ」

「そんなムチャな」

「というか殴ってくれ」

あかりは目を丸くする。「ムリに決まってるじゃないですか！」

「頼む」

あかりは困ってしまった。このままだと札山はいつまでも頭を上げそうにない。かといって、本当に殴るわけにもいかなかった。

カウンターを見ると高月がニヤついている。ジェスチャーで札山を殴るように伝えてきた。

あかりはあわてて手を横に振る。それでも高月は「やれ」というように顎を突き出した。

札山は一向に動きそうにない。あかりはあきらめると手の甲で札山の頭をコツンと叩いた。

札山が顔を上げる。「それでいいの？」と不思議そうに訊いてきた。

「もちろんです。店長のせいじゃないですから」

札山が口元をゆるめる。「優しいな、あかりちゃんは」とつぶやくとレモンサワーを一口飲んだ。「それにしても、どうして言ってくれなかったんだ。俺はそんなに信用ない？」

「そういうわけじゃありません」あかりも自分のレモンサワーに口をつけた。「どっちも私の勘違いかもしれないからです」

「ごまかさなくていいよ。あかりちゃんも誰かがわざとやったと思ってるんだろう」

しばらく迷ってから、「……はい」とあかりは答えた。これ以上、否定することはできそうになかった。

札山がため息をつく。「うちの店でそんなことがあるなんてね。本当に残念だよ」

「あかりちゃんが謝ることじゃないだろう」札山が苦笑いする。「なにか心当たりは？」

「……すいません」

「ありません」

口ではそう答えながらも頭にはある顔が浮かんでいた。

——店長だけはやめときなさい。

四日前、風永遥が《忠告》としてあかりに告げた言葉だ。

もしかしたら遥は札山が好きなのかもしれない。だとしたら、遥が嫌がらせをしていた可能性は充分にある。あかりには札山と付き合っているという噂があるからだ。札山をあきらめれば、「嫌がらせはなくなる」と言った意味もよく分かった。

しかしなあ、と札山が顔をしかめた。「まさかあかりちゃんがなあ。七五三さんなら分からなくもないが」

「え……？」

札山があわてて続けた。「いや、もちろん七五三さんならいいって意味じゃないからね」

「七五三さんはいい子です」

「もちろん分かってる」札山がわざとらしい笑みを浮かべる。

札山も悪気があったわけではないだろう。しかし、不意にそういう言葉が口をつくのは、どこかで「七五三緑子ならしょうがない」と思っているからだ。

緑子に近寄りがたいところがあるのは事実だ。そういう雰囲気が周囲から疎まれそうな印象を与えるのかもしれない。あかりは少し悲しい気分になった。

とにかく、と札山が気を取り直したように言う。「なんとかする必要があるな」

「私は平気です」あかりは答えた。あまり大ごとにはしたくなかった。

「放っておくわけにはいかないよ」

「これぐらい慣れてますし」

「慣れてる？」

「バレエのときはもっとひどかったですから」

へえ、と札山が感心した顔をした。「ドラマとかではやってるけど、あれって本当なんだ」

「シューズに画びょうはないですけどね」あかりは笑う。「ちょっとした嫌がらせは日常です。でも、嫉妬されるのはステータスでもありますから」

「怖いな」札山が肩をすくめる。「俺には理解できない世界だ」

「今になって考えると、私も異常だと思います」

ただね、と札山が言った。「だからって、このままにしておくわけにはいかないよ」

「犯人捜しをして店の雰囲気が悪くなるのはイヤなんです」

「あかりちゃんが平気でも俺が平気じゃない。店長としても——」札山があかりの目をのぞき込む。「男としてもね」

「え……」

あかりは動揺してしまった。どう答えていいのか分からない。とりあえずエビの天ぷらを口に放り込んだ。

「あかりちゃん」

「は、はい！」

札山の右手があかりの左手に触れた。全身に電気が走る。

「あかりちゃんも店も俺が守る」札山が優しい声で言った。「なにも心配しなくていいからね。これからも安心してうちで働いてほしい」

「……ありがとうございます」答える声がかすれてしまった。

札山が手を放す。「さ、飲もう」と笑顔で言った。

あかりは頷く。札山が触れていた部分がやたらと熱く感じられた。

2

「本当に送らなくていいの？」札山が心配そうに訊いてくる。

はい、とあかりは笑顔で頷いた。「歩いて十分ですから」

「気をつけて帰るんだよ」

「お疲れさまでした」

「お疲れ」

札山が改札の中へと入っていく。階段の手前で振り返ると、軽く手を挙げた。あかりは会釈を返す。札山の姿が見えなくなったのを確認してから、あかりは自宅へと歩きだした。

駅前はまだまだ人通りが多い。

足元がフワフワしていた。おそらくアルコールのせいだけではないだろう。なんだか夢を見ているような気分だった。

　札山との時間はあっという間に過ぎた。なにを話したかはよく覚えていないが、あかりの言葉に札山はニコニコと耳を傾けてくれた。それだけであかりは幸せだった。

　もはや自分が札山に惹かれていることは間違いない。

　札山はあかりをどう思っているのだろう。期待したい気もするが、簡単に期待したらいけない気もしていた。

　時間を確認しようと、カバンから携帯を取り出す。着信履歴が二件残っていた。どちらも緑子からだった。

　折り返しかけると、ワンコールも鳴らないうちに「あかりか」と緑子が電話に出た。

「そうだよー。どうしたのー」

「店長はまだ一緒なのか」

　緑子には札山と出かけることを伝えてあった。なんとなく黙っているのが嫌だったからだ。

「今、駅で別れたところ」

「なにかされたりしなかっただろうな」

「なにかって？」

「なにかって言ったら、そういうことに決まってるだろう」

「やだあ、グリコちゃんのエッチ」

「……おまえ、だいぶ酔ってるな」

「そうでもないけどねー」

駅前の通りから住宅街のほうへ入っていった。途端に辺りが静かになる。人通りもめっきり少なくなった。

大丈夫、とあかりは真面目な声で続ける。「グリコちゃんが心配してるようなことはされてないから」

手が触れたことが一瞬頭をよぎったが、それは黙っておく。あの程度なら、緑子の言う《なにか》には含まれないだろう。

そうか、と緑子が安心したように息を吐いた。「それで話はなんだったんだ」

「気になる？」

「当たり前だ」

「どうして？」

少し間があった。「……告白だったりしたら困るからだ」

札山は《男として》あかりを放っておけないと言った。あれはどういう意味だろう。

「どうしてグリコちゃんが困るの？」

「おまえが店長と付き合うことに私は反対だ」

あかりはため息をついた。もちろんあかりが誰を好きになろうと勝手だ。しかし、できれば緑子にも認めてほしい。

「それってやっぱり過去のことがあるから？」

「それもある」

「それも？」あかりは眉をひそめた。「ほかにもあるの？」

「ある。ただし、今は言えない」

「どうして？」

「証拠がないからだ」

角を曲がると、目の前に片側三車線の通りが見えた。横断歩道側の青信号が点滅を始める。

「それより今日はなんの話だったんだ」

信号が赤に変わると、停まっていた車が一斉に走りだした。

ここの信号待ちが長いのはこの辺りでは有名だ。特に夜は何分も平気で変わらない。あかりはあきらめて横にある歩道橋へと足を向けた。

「シフトのこと」

「シフト？」

「月曜日に私のシフトが消してあった件」あかりは歩道橋の階段を上り始めた。「誰かがわざとやったんじゃないかって言われた」

へえ、と緑子が感心したように言った。「なかなか鋭いな」

「私もそう思った。カバンの件も私だってバレてたし」

「で、店長はなんだって？」

「なんとかするって」

あかりは階段を上り切ると、道の向こう側へ向かって橋の上を歩きだした。足の下を何台もの車がものすごいスピードで通過していく。

「犯人を捜すつもりなのか」

「分かんない。放ってはおかないって言ってたけど。ねえ、グリコちゃん」

「なんだ」

あかりは視線を遠くに向けた。街がキラキラと輝いて見える。

「私、店長は信頼できる人だと思ってる」

道の反対側に着くと、あかりは階段を下り始めた。

「確かに昔は悪かったかもしれない。でも、今がちゃんとしてるならそれで充分だと思う」

「あかりの言いたいことは分かる。でも、あの人はそうじゃない」

「どういうこと？」

「あの人はおそらく過去を反省してない」

「この前も言ってたよね。でも、そんなことはないと思うけど」

「そんなことはある。だから、私はおまえがどんなに好きでも、あの人と付き合うのだけは全力で邪魔する」

「グリコちゃん……」あかりは階段の途中で足を止めた。

緑子と分かり合えないことが悲しかった。小さくため息をつく。

「私だって本当なら応援してやりたい。でも——」緑子が強い調子で続ける。「おまえに悲しい思いはさせたくないんだ。だから、反対する。たとえ、おまえに嫌われたとしてもだ」

不意に背後から足音が聞こえた。振り向きかけた瞬間、背中に強い衝撃を覚える。

「あ——」

一瞬、身体が宙に浮いた。次に肩から階段に激突する。

勢いのまま階段を転がり落ちた。転がっているうちに、上下が分からなくなる。とにかく頭を必死でかばった。

地面に衝突して落下が止まる。身体がバラバラになったかと思うほど至るところが痛かった。すぐには動くことができない。

「おい！　どうしたんだ！」

握りしめた携帯から緑子の声がもれていた。

「すごい音がしたぞ！　あかり！　返事をしろ！」

少しずつ身体を動かしていく。どうやら骨は折れていないようだ。ホッと息をついて階段を見上げる。

そこには誰の姿もなかった。

3

「おはようございます」あかりが更衣室に入ると、中には緑子しかいなかった。「おはよう」と笑いかける。

緑子が目を丸くした。「大丈夫なのか」

「もともと痛みには強いから」あかりは自分のロッカーを開けた。

「だからって、昨日の今日だぞ」

「でも、分かんないでしょ」

緑子があかりの顔を見つめる。「傷があるじゃないか」

「目立つ？」あかりはロッカーに備えつけの鏡をのぞき込んだ。右目のまぶたと左の頬にわずかなすり傷がある。

「目立ちはしないけど分かるのは分かる」

「電柱にぶつかったたって言うから平気」

緑子があきれた顔をした。「おまえ、病院も行ってないんだろ。ホントに大丈夫なのか」

「ほとんどが打ち身だからね。湿布は家にたくさんあるし」

緑子が鼻をひくつかせた。「確かに湿布くさいな」

「見る？」あかりは背中を向けるとシャツをめくった。

うわ、と緑子が声を上げる。「湿布だらけじゃないか」

「どこが痛いか分かんないんだもん」

「それにしても適当に貼りすぎだろ」

「いいの。誰かに見せたりしないから」あかりはシャツを脱ぐと、制服に着替え始めた。

「意外なところで男前なんだよな」緑子も着替えを始める。「それにしても昨日はびっくりしたぞ」

「ゴメンね、驚かして」

「携帯を地面に叩きつけたのかと思った」

あかりは吹き出した。「どうしてそんなことするの？」

「そりゃ、おまえ、あれだ」緑子が言いにくそうに続ける。「私が店長に関してイヤなことを言ったからだ」

気まずい沈黙が流れた。

あかりが階段から突き落とされたことで、昨日は話が途中で終わってしまった。しかし、緑子が「全力で邪魔する」と言ったことははっきりと覚えている。あかりとしては複雑な気持ちだった。

「私が反対する理由は近々説明できると思う」先に口を開いたのは緑子だった。「だから、それまで待ってくれないか」

「待つってなにを？」

「店長との距離をこれ以上縮めることだ」

あかりはどうするべきか迷ってしまった。

もちろん突っぱねてもいい。しかし、緑子がここまで言うのにはきっと訳があるのだろう。意地悪で言っているとは思えなかった。

「グリコちゃん」

「なんだ」

「私、店長のことが好きなの」

「分かってる」

「だから、食事に誘われたらついてっちゃうと思う。断って嫌われたらイヤだもん」

「あかり……」緑子が悲しげな表情を見せた。

でもね、とあかりは続ける。「もし付き合おうみたいな話になったら、ちょっと待ってもらうことにする」

「え……？」緑子がメガネの奥の目を開いた。

「返事はグリコちゃんの説明を受けるまで保留してもらうから」

「……いいのか」

「自分が待てって言ったんでしょう」あかりは苦笑いした。「でも、説明のあとでどうするかは私が決める。たとえグリコちゃんが反対しても、自分でいいと思えばそうするから」

「分かった」緑子が頷いた。「私がどうして反対するのかは、なるべく早く説明できるようにする。それまで待ってくれ」

「一つ訊いてもいい？」

「なんだ？」

「どうして今は言えないの？」

「昨日も言ったが、証拠がないからだ」

「証拠がないとどうして言えないの？」

「証拠のない段階で教えると、あかりに危険が及ぶ可能性がある」

「危険？」あかりは目を丸くした。「どういうこと？」

「それぐらいデリケートな話だってことだ」着替えを終えた緑子がロッカーを閉める。「私も一つ訊いていいいか」

「なに？」あかりもロッカーを閉めた。

「昨日、おまえを突き落とした相手は誰だと思ってる？」

「誰？」あかりは当惑した。「単なるイタズラでしょ」

「本当にそう思うか」

「どういうこと？」

「今の状況を考えてみろ。おまえ、店で嫌がらせを受けてるんだぞ。これもその一環だとは思わないのか」

「え？」あかりはつい声を上げてしまった。「まさか。そんなことあり得ないでしょう」

「そうか？　私はむしろその可能性が高いと思ってるぞ」

「どうして？」

「シフトを書き換えられてた日に忠告されてるんだろう」

あかりはハッとした。

——店長だけはやめときなさい。

——そうすれば、きっと嫌がらせはなくなるはず。

「……遥さんのこと？」

そうだ、と緑子が頷く。「店長に近づくなと言われたんだろう。でも、おまえは直前まで店長と一緒にいた。狙《ねら》われる理由としては充分だと思う」

「そんな……」

階段から突き落とすのは、これまでの嫌がらせとは意味が違う。場合によっては、大怪我をしていたかもしれないのだ。遥がそこまでやるとは、すぐには信じられなかった。

「もちろん、そうと決まったわけじゃない」緑子が真剣な表情で言う。「ただ、少し気をつけたほうがいいかもしれないな」

＊＊＊

【バイトは】やみつきドームスの闇を暴く【使い捨て】9

19：無名の店員
ドームスの店長Fは「ニューエイジ」です。

20：無名の店員
≫19　ニューエイジって？

21：無名の店員
≫20　TPのG5のこと。

22：無名の店員
≫21　なに、その暗号WW

23：無名の店員
≫22　分かる人にはすぐ分かります。
分からない人はググってください。

24：無名の店員
TP＝東京ピエロ
G5＝第五世代

25：無名の店員
マジで？　あの東京ピエロ??

26：無名の店員
ヤバい。この店、マジでヤバい。

27：無名の店員
バラしてる奴はぶっ殺す。

28：無名の店員
もしかして本人??

29：無名の店員
店長乙！

30：無名の店員
本人じゃねえよ。
昔を反省して立ち直った人間を面白半分で非難する奴が許せねんだよ！

31：無名の店員
死んだ人間は二度と生き返らない。
傷つけられた人間は一生傷が消えない。
かつての傍若無人な振る舞いが許されるわけがない。
死んで詫びろ。

32：無名の店員
>>31　お前が氏ね！

33：無名の店員
事故死したバイトは内偵中の刑事だったたって聞いたぜ。
バレてFに消されたらしい。

34：無名の店員
>>33　デタラメ言うな！

35：無名の店員
>>33　警察はさすがにないでしょ。
だとしたら絶対家宅捜索に入ってるはずだし。

36：無名の店員
カンパニーが送り込んだスパイじゃないの。
だったら殺されたのも分かる。

37：無名の店員

>>36　Hは事故死だ。
適当なことを言うな！

38：無名の店員
さっきから怒ってる人は誰なの。
あきらかに関係者だよね。

39：無名の店員
ご本人ですよね、ふだっち。

40：無名の店員
おまえら、まとめてぶっ殺す！

4

「いつもすいません」あかりは恐縮して肩をすくめた。「次は私にごちそうさせてください」

「いいんだよ」札山が笑顔で言う。「毎回、高月だからね。遠慮する必要はない」

「でも――」

「俺がごちそうしたくてしてるんだ。それとも迷惑？」

「迷惑だなんてそんな！」あかりはあわてて首を振った。「すごくうれしいです。とても楽しいですし」

「よかった」札山が笑みを浮かべる。「あかりちゃんが楽しいならそれで充分だよ」

まもなく午後十一時になろうとしていた。札山と並んで駅へと歩いている。十月も一週間あまりが過ぎ、この時間になると少し肌寒さも感じられた。

二人で食事をするのはこれで三回目だ。ほぼ三日に一回のペースで会っている。最初は緊張していたが、だいぶ落ち着いて話せるようになってきた。会うたび札山に惹かれていく自分がいる。

「今日も送らなくていいの？」札山が訊いてきた。

「大丈夫です」あかりは笑顔で返す。

送ってもらいたい気持ちもあったが、夜道で《告白》なんてことになったら反射的に頷いてしまいそうだ。緑子との約束もあるので、なるべくそういうシチュエーションは避けるようにしていた。

「電柱にぶつからないようにするんだよ」札山が笑う。

「気をつけます」あかりは笑顔で返した。

先日、歩道橋の階段から落ちたときの傷は、本当に「電柱にぶつかった」と説明してある。

札山を見送ると、家へ向かって歩き始めた。金曜日のせいか、駅前はこの時間でもそこそこ人の姿がある。火照った頬をなでる風が気持ちよかった。

住宅街へと入っていく。

ここ一か月で多くのことを学んだ気がしていた。この先、自分になにがやれるのかはまだ分からない。しかし、バレエを離れてもなんとかなるという自信が少しずつついてきていた。それだけでも大きな収穫と言っていいだろう。

大通りのほうへは曲がらず、道を真っ直ぐ進んだ。五分ほど遠回りになるが、あの日以来、遅い時間はこのルートを利用するようにしている。途中で公園を通り抜ける必要があるが、そこを除けばコンビニが点在していて人通りが多い。自分でも気をつけてはいるが、周囲の目があるに越したことはなかった。

歩道橋から突き落とされた日のあとも、遥の態度に大きな変化はない。あそこまで大胆なことをしたら、普通はもう少し落ち着きがなくなってもいい気がした。あまりに自然に接してくるため、遥が犯人ではないかもしれないとさえ思ってしまうほどだ。

右手前方に公園が見えてくる。公園を突っ切ると、いつも渡っている横断歩道の先の交差点に出る。自宅まではその交差点を渡って五分ほどだった。

公園の真ん中あたりに差しかかったとき、突然、右のほうから物音が聞こえた。

植え込みから人が飛び出してくると、あかりの前に立ちはだかる。顔には布のような物をかぶり、両手で長い棒を握りしめていた。

あかりはあ然としてしまった。

相手が棒を振りかぶると、いきなり振り下ろしてくる。

あかりはあわてて後ろに下がった。空《くう》を切った棒が地面を叩く。

さらに相手はがむしゃらに棒を振り回してきた。

最初は動揺したものの、徐々にあかりは落ち着いてくる。

相手の動きにそれほどのキレはなかった。これなら避《よ》けるのは難しくはなさそうだ。あかりはつい鈍く見られがちだが、運動神経には自信がある。

相手に男のような力強さは感じられなかった。女であることは間違いないだろう。徐々に息が上がってきたらしく、棒を振り回すスピードが少しずつ鈍くなっていた。

走って逃げることは簡単だったが、あかりは迷っていた。

相手が風永遥だとしたら、ここでケリをつけたほうがいい気がしたからだ。このまま逃げたとしても、また同じことをされないともかぎらない。それでは意味がなかった。

もう少し疲れてくれれば、取り押さえることもできるだろう。頭にかぶっている布を取るだけでいい。顔さえ見てしまえば、向こうも言い訳はできないはずだ。

「あ――」

余計なことを考えたせいで足元への注意を怠ってしまった。わずかな凹凸に足を取られてしまう。あかりはよろめきながら、その場に尻もちをついてしまった。

見上げると、相手が正面に立っていた。血走った目であかりを見据えている。

「は、遥さんなんでしょ？」

相手はまったく反応を示さなかった。視線があかりの左脚に向く。無言で手にした棒を振りかぶった。

やられる――。

目をつぶった瞬間、身体が浮き上がる感覚を覚えた。背後から誰かの体温を感じる。続いて棒が地面を叩く音が聞こえた。

「大丈夫か」耳元で声がした。

振り返ると、札山の顔がすぐ側にあった。

「店長……」

「また電柱にぶつかるんじゃないかと思ってね」札山が口元をゆるめる。「悪いと思ったが、あとをつけさせてもらったよ」

電柱の話は嘘だとバレていたのだろう。「すいません……」とあかりはうな垂れた。

「謝る必要はない」札山があかりの頭を軽く叩くと、「さて」と腰を上げた。「おまえ、何者だ」と相手を睨みつける。

相手があわてて逃げようとした。

札山が素早く動いて相手の右腕をつかむ。

「放して！」聞こえてきたのは女の声だった。

札山が足払いをすると、相手が地面に倒れる。札山はそのまま体重をかけて押さえ込んだ。つかんだ腕を背中で締め上げる。

女の悲鳴が聞こえた。

札山が相手の頭に手をやる。かぶっていた布をはぎ取った。

「あ……」あかりは口を押さえた。

風永遥ではなかったが、よく知っている人物だった。

「恵ちゃん……」

富沢恵が不機嫌そうにそっぽを向いていた。げっそりとやつれた横顔はとても二十歳には思えない。十歳は上に見えた。

「知り合いなの？」札山が訊いてきた。

はい、とあかりは頷く。「母のバレエ団に所属するダンサーです」

札山が恵を見下ろした。「君、どうしてこんなことをしたんだ」

「おっさんに関係ないでしょ」恵が言い返す。

札山が苦笑いをした。「反省がないな。そういう子にはお仕置きをしてあげよう」と恵の腕をさらに締め上げる。

恵の顔が歪んだ。「痛い！　折れちゃう！」

「店長、やめてください」あかりはあわてて言った。

「ホントに？」

「放してあげてください」

「こういう相手の場合、身体に分からせたほうがいいんだけどね」

「大丈夫です。昔からよく知ってるんで」

「仕方ないな」札山が恵から手を放すと腰を上げた。

恵が身体を起こして立ち上がる。右腕を押さえながら、「なんなの、このおっさん」とあかりに文句を言った。

「うちの店長」

「店長がどうしてこんなとこにいるのよ」

「恵ちゃんに関係ないでしょ。それよりどうしてこんなことしたの？」

恵があかりを睨む。不健康に頬がこけているせいで異様な迫力があった。

「あんたが悪いからでしょ」

「私が？」

「あんた、先生に言ったんでしょ。今度の公演でミルタをやらせてくれって」

「え……？」

「ジゼルができないからミルタをやらせろなんて、ずいぶんと図々《ずうずう》しい話じゃない」

「私、そんなこと言ってない」

「ウソ言わないで！」恵が声を張り上げる。「先生から直接言われたわ。あなたはあかりの代役だって」

「それは先生が勝手に言ってるだけで――」

「半年も休んどいて、いい気なもんよね」恵が遮った。「しかも、ジゼルじゃなくてミルタをやらせろだなんて。あんたこそ、ジゼルの代役をやればいいのよ。妹の代役をやって、力の差を痛感すればよかったんだわ」

　恵の悔しさは手に取るように分かった。あかりの代役だと母から言われた瞬間、目の前が真っ暗になったに違いない。

　恵がよろめくような足取りで、公園の出口へ向かって歩きだした。

「恵ちゃん！」あかりは思わず声をかける。

　恵が振り返った。

　あかりは息を呑む。

「戻ってこいとは言ったけど、あたしの役を奪ってくれとは言ってないわ」恵は泣いていた。涙が頬をいく筋も伝っている。「あたし、あんただけは一生許さないから……」

　あかりは言葉を返すことができなかった。フラフラと歩いていく恵の後ろ姿を黙って見送っていた。

5

「母には辞めると言ってあるんです」あかりはレモンティーのカップを両手で包み込んでいた。「でも、納得してないみたいで」

「あかりちゃんの才能を認めてるからじゃないの？」正面には札山が座っている。コーヒーカップの縁を人差し指でなでていた。

違います、とあかりは首を振る。「母は妹の教育係として私を必要としてるんです」

「教育係？」

「妹が一人前のダンサーに成長するまで、私が妹の黒子に徹することを望んでいるんです。そのために辞めさせたくないだけです。ダンサーとしての私には期待していません」

駅前まで戻って、二十四時間営業のファミリーレストランに入っていた。店内は七割程度の席が埋まっている。

母があかりの復帰を切望しているのは、先日話をしたときに強く感じていた。しかし、あかりの承諾もなしに、恵に代役の話を告げているとは思わなかった。あかりのこととは無関係に、母は不健康に痩せた恵のことが本当に許せないのかもしれない。

やはりあの痩せ方はハピハピを使ったせいなのだろうか。だとしたら、絶対にやめさせたほうがいいが、恵があかりの忠告に耳を傾けるとは思えなかった。

「お母さんにとっては二人とも娘だろ」札山が不思議そうに言う。「あかりちゃんにだけ、そこまで露骨に犠牲を強いるの？」

「母はそういう人ですから。私の気持ちは関係ないんです」

母はダンサーとしてのあかりしか見ていない。娘としての興味はほとんどないと言ってよかった。バレエを辞める決心をしたからこそ、そのことが痛いほど感じられる。

特に悲しいという感覚はなかった。母がそういう人間であることは、今に始まったわけではない。母の興味を引きたければ、バレエを続ければいいだけの話だ。

「あかりちゃん自身はどうなの？」

「なにがです」

「バレエに対して心残りはないの？」

あかりはカップから立ち上る湯気を見つめた。「まったくないかと訊かれると、正直、自分でもよく分かりません」

今でも踊ることは好きだ。もう踊れないのかと思うと、一抹の寂しさはある。それを心残りと言えばそうなのかもしれない。

でも、とあかりは札山を見つめた。「ずっと真剣に取り組んできたバレエだからこそ、引き際は自分で決めたいんです」

妹に対する嫉妬や羨望がまったく関係ないとは言わない。ただし、それはあくまできっかけであって根本的な理由ではなかった。

目指すものもないのに惰性で続けるのが嫌だった。すべてを捧げたバレエだからこそ、きちんとケジメをつけたい。母にずるずると引き延ばされるのだけは絶対にゴメンだった。

「すごいな」札山が感心したように言う。

「全然すごくありません」

「いや、すごいと思う。なかなか自分で終わりを決めることはできないからね。あかりちゃんは強いんだな」

「バレエをとったら、ほかになにもないですけどね」あかりは苦笑いした。「ホントに辞めていいのかなって不安はあります」

「当たり前だよ。ある意味、過去の自分を捨てるんだからね」札山がコーヒーカップに口をつける。「でも、人生はいつだってリセットできるから」

あかりはほほ笑んだ。「店長、前にも同じこと言ってましたよね」

「そう信じてなきゃ、ここまでやってこれなかったよ。俺も二十歳まではひどい人生だった。でも、必死で頑張ったおかげで、しょぼいけど一国一城の主《あるじ》になれたんだ」

「しょぼくなんかないです」あかりは急いで首を振った。「店長こそ本当にすごいと思います。私にとってあこがれです」

札山が笑みを浮かべる。「人生のリセットという点で俺とあかりちゃんは似てるのかもな」

そうかもしれないと思った。もしかしたら、それが札山に惹かれた理由なのかもしれない。

「あかりちゃんのリセットもきっとうまくいくよ」

「まだなにがやりたいのかもよく分からないんですけどね」

「それが普通だよ。これまで明確な目標があったあかりちゃんが特殊なんだ。焦る必要はない。もし不安になったら、俺を頼ってくれればいい。いつだって相談に乗るよ」

「ありがとうございます」あかりは笑みを浮かべた。札山の気づかいがうれしかった。

だからね、と札山があかりを睨むように見る。「電柱にぶつかったなんてウソは金輪際やめてくれ」

「すいませーん」あかりは舌を出した。

札山が吹き出す。

あかりも一緒になって笑った。

札山と話をしているうちに、恵に襲われたことで感じた暗い気持ちはすでに消えていた。バレエを辞めることの不安も少し和らいだ気がする。

札山はもはやあかりにとって大切な存在になっていた。

もちろん緑子との約束がある以上、現時点で一歩踏み込むことはしないつもりでいる。しかし、緑子がどのような《反対理由》を示したとしても、自分の気持ちが揺らぐことはない気がしていた。

「店のこともちゃんと対策を打ったよ」札山が口元をゆるめる。「もう安心していいからね」

「どんな対策ですか」

「内緒」札山がウインクすると腰を上げた。「さ、帰ろう。今度は家まで送っていくよ」

「はい！」あかりは笑顔で椅子から立ち上がった。

6

「こんなとこでどうしたの？」あかりは不思議に思って訊いた。

従業員通用口の前に制服を着た緑子が立っている。なぜか険しい顔をしていた。

「メール見てないのか」

「メール？」

「見てないんだな」緑子が納得したように頷く。「来い」と扉を開けて中へと入っていった。

あかりはあわててついていく。「ねえ、グリコちゃん、私、先に着替えたいんだけど――」

「いいから来い」

緑子は廊下に貼られたシフト表の前で足を止めた。あかりを振り返って、「見ろ」と顎をしゃくる。

あかりは、あ、と声をもらした。

今日のシフトから、あかりの名前が修正液で消されていた。上には《風永》と書いてある。

「シフトに入ってないはずの風永遥がいるからおかしいと思ってな」緑子が声をひそめて言う。

「見に来たら、こんなことになってた」

あかりはぼう然とシフト表を眺めていた。一度ならず二度もやるとは、あかりに対する相当な憎しみを感じてしまう。

「おい」緑子があかりの袖を引っ張った。

振り向くと、制服に着替えた風永遥が目を丸くしている。

「あかりちゃん、今日はお休みしたんじゃなかったの？」

あかりは黙って遥を見つめた。

遥がハッとした表情を見せる。「もしかして勝手に名前を消された？」

「……たぶん」あかりは答えた。

「やっぱり」遥が納得したように頷く。「この前のも実はそうだったんでしょ」と勢い込んで訊いてきた。

あかりは息を吐く。「遥さん」と遥を正面から見据えた。「正直に教えてください。これは遥さんがやったんじゃないんですか」

「は？」

「このあいだ、私に忠告しましたよね。店長のことはあきらめろって。そうすれば嫌がらせはなくなるって」

遥の顔から表情が消える。「確かに言ったわね」

「あれ、どういう意味ですか」

「そのままの意味よ」

「どうして嫌がらせがなくなるなんて分かるんです？」

「勘よ」

「勘でそんなことが分かるんですか」

「困ったなあ」遥が苦笑いを浮かべる。「どういう誤解があるのか知らないけど、私が消したわけじゃないわ。私は午前中にマネージャーから電話で頼まれただけだもの」

「ウソはやめろ」緑子が鼻で笑った。「こいつが従わなかったから嫌がらせしたんだろう」

遥があきれた顔をする。「そんなことするはずないでしょう」

「じゃあ、誰がこんなことするんだ」

「知らないわよ」

「——なにを騒いでるの」

やってきたのは神鳥早紀だった。あかりを見ると眉をひそめる。「真行寺さん、またやってくれたわね。急に休むときは代わりを見つけるようにってあれほど言ったのに」

「いえ、これは――」あかりは言い訳しようとした。

「そういうチームワークを乱す人がいると困るのよ」早紀が遮るように続ける。「あなたについては検討させてもらうわ」

あかりは困惑した。「検討……？」

「この先もあなたと契約を続けるかどうか考えさせてもらうから」

「そんな！」あかりはがく然とした。

「――どうかしたのか」

振り返ると、札山が立っていた。

「店長」口を開いたのは遥だった。「真行寺さんの名前が消されてたんです」とシフト表を指差す。

遥の言葉にあかりは驚いてしまった。まさか遥があかりをかばう発言をするとは思ってもみなかった。緑子も戸惑った表情を浮かべている。

「風永さん、ちょっと待って」早紀があわてたように口をはさむ。「そんな根も葉もないこと言わないでちょうだい」

「根も葉もないことではないです」遥が言い返す。「真行寺さんは間違いなく嫌がらせにあってます。だから、店長にお願いがあるんです」

「なんだ」札山が無表情に応じる。

「スタッフにこういうことがあったとアナウンスしてくれませんか。身に覚えのある人はすぐやめるよう忠告してください。そうすれば当人も反省してやめると思うんです。犯人捜しをするより、そっちのほうが店にとって絶対にいいと思います」

「なるほど」札山が薄い笑いを浮かべる。「犯人捜しはやめたほうがいいと言うんだな」

「そうです。お互いが疑心暗鬼になったら、絶対に店の雰囲気が悪くなりますから」

札山が全員を見回した。「ついてきてくれ」と事務所のほうへ歩きだす。

「全員ですか」早紀が質問した。

そうだ、と札山は振り返らずに答える。

あかりは緑子と顔を見合わせた。緑子が先に行けというように顎をしゃくる。あかりは早紀と遥のあとからついていった。

札山は事務所に入るとデスクに腰を下ろした。パソコンを操作しながら、「こっちへ」と手招きする。

あかりたちは札山の背後に回り込んだ。《関係者以外立ち入り禁止》と書かれたドアの前に立つ。パソコンの画面には真っ暗な映像が映っていた。真ん中に大きな右向き矢印が表示されている。

「始めるぞ」札山が矢印をクリックした。

映像が動きだす。動きだしたと言っても変化はない。同じ暗い画面が表示されていた。

「なんですか、これ？」早紀が訊く。

「昨日の閉店後だよ」札山が答えた。

あかりは画像を凝視する。奥に非常灯がともっているのが見えた。

「廊下……？」遥がつぶやく。

そうだ、と札山が頷いた。「昨日の夜十二時過ぎだ」

次の瞬間、画面がまぶしいほど明るくなった。電気がついたらしい。通用口のほうから誰かが歩いてくるのが見えた。こちらへ近づいてくるにつれて、顔がはっきりしてくる。

「あ……」あかりは反射的にその場にいる一人の人物を見やった。

あかりの視線の先で、神鳥早紀は青ざめた顔をしていた。

再びパソコンのほうに目をやる。

画面の中の早紀がシフト表の前で足を止めた。紐で吊り下げてある修正液を手に取ると、なにやら細工を始める。手元は見えなかったが、なにをしているのかは訊くまでもなかった。

「神鳥さん」札山が画面を見たまま口を開く。

早紀の肩が跳ね上がった。逃げ場を探すように視線が宙を泳ぐ。

「君には失望したよ」

早紀の表情が凍りついた。突然、全身から力が抜けたようにその場に座り込んでしまう。

遥がため息をついた。「かわいそうに……」とつぶやくと札山を睨みつける。「店長、少しやり方がひどすぎやしませんか」

「ひどい？」札山が眉をひそめる。「どこがひどいんだ」

「店長は真行寺さんから相談を受けてたんですよね」

「まあ、そうだな」

「その時点で、誰がやったか気づいてたんじゃないですか」

「……どうしてそう思う？」

遥が早紀を見下ろした。「私でさえ気づいてたぐらいですから」

その言葉を聞いて、遥があかりに《忠告》した理由が分かった気がした。遥と早紀は二人で食事に行くこともあるぐらいだ。遥が早紀の《好きな人》について聞いていたとしてもおかしくはない。

「もしそうだとしたら、どうだと言うんだ」札山が訊く。

「さりげなくマネージャーに伝えてほしかったです。そうしたら、マネージャーだって反省してやめたかもしれないのに」

「憶測で疑いをかけるのも失礼だからな」札山が口を斜めにする。「俺は最後まで神鳥さんじゃないことを祈ってたよ。でも、残念だ。マネージャーが特定のアルバイトに嫌がらせするなんてな。マネージャー失格と言わざるを得ない」

早紀がうな垂れた。丸まった背中が急に小さくなったように見える。

「君たちは仕事に行ってくれ」札山が立っている全員を見回した。「あかりちゃん、君もだ」

「え、でも……」

札山が早紀を冷ややかな目で見やる。「今の神鳥さんが働くのはムリだろう。あかりちゃんが代わりに入ってくれ」

「店長……」早紀が顔を上げた。

「なんだ」札山が抑揚のない声で返す。

「私はクビになるんですか……」

「このあと少し二人で話そう」

「私、散々お店のために尽くしてきたんですよ」

札山があかりたちのほうを向いた。「君たちは仕事に行ってくれ」

早紀があかりを見る。目が真っ赤に充血していた。

「あなたが入ってきたせいで……」早紀が震える声でつぶやく。

あかりは返す言葉がなかった。

7

裏口から高月茂雄が出てくる。両手にゴミ袋をかかえていた。

事業系のゴミとして捨てると有料になるので、一区画離れたマンションのゴミ置き場まで毎日こっそりと運んでいるのだ。

高月は昔からいちいちセコイ男だった。ケンカでは絶対に先頭を切らないくせに、戦意を喪失した相手を最後まで執拗に痛めつける。思い出すだけでヘドが出そうになることばかりだった。

しばらく待っていると、ゴミを捨てた高月が戻ってきた。私が暗がりから出ていくと、「ひ……」と怯《おび》えたように後ずさる。今にも走って逃げだしそうだった。

私を確認すると、高月は大げさに胸をなで下ろす。「なんだ、脅かすなよ」とごまかすように笑った。

和食居酒屋・高月の裏手だった。閉店から一時間以上が経過している。時刻は深夜十二時を回っていた。

高月以外の従業員はすでに帰っているはずだ。高月は閉店や開店の準備をいつも一人でやっている。少しでも人件費を減らすためだ。時間と金なら絶対に金を選ぶ男だった。

「折り入って話があるんだ」私は店のほうを指差した。「ちょっといいかな」

高月は私を見つめた。なんの話か考えているのだろう。ドアを開けると、「入んな」と店内に向かって顎をしゃくった。

私が中に入ると高月もあとに続く。鍵は閉めていなかった。

厨房の電気は一か所しかついていない。節約のためだろう。薄暗い中で見ても、掃除が行き届いているようには見えなかった。客席から見えるところだけしかキレイにしていない。これで人気店なのだから笑ってしまう。例の《天ぷら》のおかげだろう。

高月がシンクにもたれかかると、タバコに火をつけた。天井に向かって煙を吐く。

「最初に言っとくが金ならないぞ」

私は苦笑いをした。どいつもこいつも私を見るなり金の話だと勝手に決めつける。つまり、私は貧乏神のようなものなのだろう。

「金なら大丈夫だ。資金の目処はついた」

ほう、と高月が意外そうな顔をする。「社長が出してくれたのか」

「いや」首を振った。「社長はもはや私に援助する気はないさ」

「そんなことはないだろう」高月が嘘くさい調子で言う。「儲かる当てさえあればちゃんと出してくれるさ」

「知ってんだろう。今、社長が興味を持っているのはハピハピだけだ」

高月が鼻で笑った。「だったら、おまえもハピハピを使える方法を考えろよ」

「あいにくそういう仕事じゃないんだ」

高月があきれたように笑う。「おまえのそういう開き直りと工夫のなさが社長は嫌いなんだよ」とタバコを足元の下水口に投げ入れた。

私はポケットに手を突っ込む。「別に嫌われてもかまわないさ」

「……なに？」

一歩踏み出すと、レンチを高月の側頭部に叩きつけた。鈍い粘り気のある音が響き渡って、高月がゆっくりと床に倒れ込む。

背後のドアが開いたのが分かった。

高月を見下ろしていると、音もなくやってきた女が私の隣に並ぶ。

「なにをする……？」高月が私を見上げた。顔半分が血で赤く染まっている。女を見て眉をひそめた。「ん？　そいつは――」

「ラリった状態でビルの屋上に放り出した男がいたろう」

「あいつがどうした？」

「この女はそいつの復讐をしてる」

「復讐だと？」高月が訝しげな顔をする。「だったら、どうして当事者のおまえがそいつと一緒にいる？」

「あの人に言われたからだ」

「あの人？」

「私が資金繰りに苦しんでいるとき、あの人が救ってくれた。その見返りとしてこの女を手伝うように言われたんだ」私は女にほほ笑みかけた。

しかし、女は私を見ようともしない。無表情に高月を眺めている。

高月が目を見開いた。「おまえ、あの人って、まさか――」

私は口角を上げた。「そう。そのまさかだ」

「俺たちを裏切ったのか！」

「人聞きが悪いな。先に私を見捨てたのはおまえたちのほうだろう」

高月が私を睨みつけてくる。「あの件はおまえだって共犯じゃないか」

「私はやりたくてやったわけじゃない。仕方なく手伝ったんだ。だから、罪滅ぼしとしてこの女を手伝ってる。それでチャラだ」

「こんなことして社長が黙ってると思うか」

「おまえこそ、私の後ろに誰がいるのか分かって言ってるのか」

高月の表情に怯えが走った。へへ、とすぐに媚びた笑みを浮かべる。「じゃあさ、俺もそっちに紹介してくれよ。実は社長のことは最近うんざりしてて――」

女が近くにあった重そうな鍋を持ち上げた。

高月の顔に恐怖の色が浮かんだ。「や、やめ――」と逃げようとする。

女が手を放すと、鍋は高月の頭部を直撃した。くぐもった金属音が反響する。

女が私に向かってなにかを放った。おもちゃの手錠だった。

「つけて」

私は高月の背後に回り込むと両手首に手錠をはめた。一度、腰を上げる。

高月はうめき声をもらしながら床の上でもだえていた。

女はシンクにかけてあった布巾を取ると、高月の口に押し込んだ。高月が抵抗しようとすると、胸倉をつかんで頭を床に何度も叩きつける。

高月がぐったりした。虚ろな目で女を見上げる。

女がポケットからナイフを取り出した。

高月が驚いたように目を開ける。あわてて立ち上がろうとした。

女は高月の顔を片手でつかむと、後頭部を背後のシンクに叩きつけた。高月はそれでも無理やり腰を上げようとする。

女が私を見た。「押さえて」

私は改めて高月の背後に回り込むと、手錠のチェーンをつかんだ。後ろに引っ張ると、よろめいた高月が床に座り込んでしまう。

高月が振り返った。血走った目で懇願するように私を見つめてくる。

女が高月の顎を持って、強引に自分のほうを向かせた。見せつけるように顔の前にナイフをかざす。刃が鈍い輝きを放った。

高月が震え始めた。私にも震えが伝わってくる。恐怖まで伝染するような気がした。

「バツよ」女が短くそう告げる。ナイフの刃先を高月のほうに向けた。ゆっくりと目のあたりに近づけていく。

私は顔を伏せた。高月が暴れようとしたので、手錠をつかむ手に力を込める。

その直後、高月の長いうめき声が店内に響き渡った。

＊＊＊

【戦争は】東京ピエロ今昔物語【あるか】７７
７５６：名もなき外道
【都内居酒屋で男性の遺体　東京・足立区】

１０日午前１０時半過ぎ、足立区竹の塚にある飲食店、和食居酒屋・高月の店内で男性の遺体が発見された。

被害者はこの店の店長である高月茂雄さん（３０）。出勤してきた従業員が店内で倒れている高月さんを発見して警察に通報。駆けつけた警官によって死亡が確認された。

警視庁竹の塚署によると、高月さんは前夜の閉店まで通常どおり勤務していたことが確認されている。

店の売り上げには手がつけられておらず、被害者に暴行された跡が残っていたことから、同署は被害者に強い恨みを持つ者の犯行の可能性が高いとしている。

高月さんが先月同区内で起こった別の殺人事件の被害者男性と友人関係にあったことから、警察ではそちらの事件との関連についても慎重に調べを進めている。
http://xxxxxxx/xxxxxxx/xxxxxxx/xxxxxxx/

757：名もなき外道
>>756　これ、昨日の事件？

758：名もなき外道
>>757　その通り。

759：名もなき外道
>>756　この事件がなんなん？

760：名もなき外道
>>759　少しは頭を働かせたら？

761：名もなき外道
　もしかして被害者って……。

762：名もなき外道
　高月茂雄（30）
　和食居酒屋『高月』店長。
　元東京ピエロ・第五世代メンバー。

763：名もなき外道
　やっぱりG5か！

764：名もなき外道
　てことは、これで二人目⁉

765：名もなき外道
　ヤバいよヤバいよ。

本気でG5を潰しにかかってる。

766：名もなき外道
残り3名か。
ますますG5は厳しくなったな。

767：名もなき外道
名波のときはAV絡みの可能性もあったけど、今回は居酒屋店長だもんね。
間違いなく抗争だな。

768：名もなき外道
G5はどうするかね。
カンパニーの軍門にくだるか。

769：名もなき外道
>>768　ふだっち次第じゃね。

770：名もなき外道
3人が捨て身で東浜の首を取りに行くことを希望。

771：名もなき外道
>>770　勝手に名前出すと刺されるよ。

772：名もなき外道
ここまで来たら警察が3人を保護するかもね。

773：名もなき外道
>>772　警察頼るようならG5も終了だな。

774：名もなき外道
東京ピエロの関係者は氏ね。外道は全員死刑だ。
それが世の中のためになる。

第五章

1

「——僕はストーカーじゃないからね」

七五三竜之介が口を尖らせていた。窓際のデスクの前に座っていた。今日も相変わらず赤いシャツに白いネクタイを締めている。

「ごめんなさい」あかりは肩をすくめた。事務所の中央に置かれた二人がけのソファに腰を下ろしている。

「謝る必要はない」テーブルをはさんだ向かいには緑子が座っていた。膝ではあずきというメスネコが丸まっている。「竜おじは本物のストーカーだ。常に私のあとをつけてるからな」

「グリコが心配なんだもん」

「ウソつけ。単なる趣味だろう。尾行してるとテンションが上がるくせに」

「それは元刑事としての性《さが》だね」

「ほら、認めた」緑子があかりを見る。「気をつけろよ。おまえのこともつけかねんぞ」

「まさか」あかりは笑った。

「余計なこと言うなよ」竜之介が眉をひそめる。「こっそりできなくなっちゃうじゃないか」

「……え？」

「冗談だよ、冗談」竜之介が声を出して笑う。「やだなあ。本気にしないでよね」

「冗談じゃないからな」緑子が真剣な顔で言った。「本当に気をつけたほうがいいぞ」

時刻は午後三時を回っていた。竜之介の後ろの窓を水滴が流れ落ちていく。外は朝から雨が降っていた。

竜之介が所長を務める《いちご探偵事務所》に来ていた。最寄り駅から徒歩十五分のところにある四階建ての古い雑居ビルだ。一階は古びた喫茶店、二階が事務所、三階に緑子たちが暮らし、四階にビルのオーナーが住んでいるという。

「でも、よかったね」竜之介が笑みを浮かべた。「嫌がらせ事件は解決したんでしょ」

「そうなんですけどね」あかりはため息をついた。「なんかすっきりしなくて……」

昨日、神鳥早紀はあのあと早退した。札山とどういう話をしたのかは聞いていない。このまま店を辞めてしまうこともあるのだろうか。あかりは気になって仕方がなかった。

本当は腹を立ててもいいはずだ。しかし、あかりはどうしても早紀を責める気にはなれなかった。むしろ同情すら感じてしまう。

早紀はずっと札山を支えてきた。店に献身的に尽くすことで、札山への愛情を示してきた。自分が札山にとっても店にとってもなくてはならない存在だという自負があったに違いない。

そこにあかりが突然割り込んだのだ。早紀にとっては邪魔者でしかなかっただろう。どんな手を使ってでも排除したかったに違いない。今のあかりには早紀の気持ちが痛いほどよく分かった。

緑子の膝であずきが伸びをする。テーブルの上を歩いてくると、ふわりと飛び上がって今度はあかりの膝で丸くなった。

あかりはほとんど動物に触れたことがない。母が嫌いなので、小さいころからイヌもネコも飼ったことがなかった。

おっかなびっくりで頭をそっとなでる。あずきが喉をゴロゴロと鳴らし始めた。あかりの指を何度もなめてくる。

「気にするなってさ」緑子が言った。

「え？」

「そいつは不思議なネコでな。イヤなことがあったり落ち込むことがあると、そうやってなぐさめてくれるんだ」

あかりは膝のあずきを見つめた。目を細めて一心にあかりの指をなめている。ザラザラする舌が少し痛かった。

「僕にはなつきもしないけどね」竜之介がおもしろくなさそうに言う。

「あーは男ギライなんだよ」

ふん、と竜之介が鼻を鳴らした。「エサをあげてるのが誰か考えてほしいもんだ」

あずきがデスクの竜之介を振り返る。ニャーとひと鳴きした。まるで抗議するかのようで、あかりは吹き出してしまった。

「マネージャーのことは気にしても仕方ないだろう」緑子があかりに向かって言った。「結局はやった本人が悪いんだから」

「それは分かってるんだけどね」あかりは肩をすくめる。「なんだか気の毒に思えちゃって」

「そう思うんなら、札山のことをあきらめればいい」

あかりはあずきの頭をなでた。あずきが再び喉を鳴らし始める。

「あかりちゃんさ」竜之介があきれたように言った。「本気で札山のこといいと思ってる？」

その言い方にムッとする。「いけませんか」

「いけないに決まってるじゃん」竜之介があっさり答えた。

「どうしてです」

「あかりちゃん、東京ピエロがどんなものか知ってる？」

「ネットで調べました」

「ネットじゃ殴られた人間の痛さは分からないでしょ」

「……え？」

「ネットじゃ、殺された人間の恐怖は伝わらないよね」竜之介が両手を広げた。「リアルはそんなもんじゃないよ。奴らのせいで痛い思いをしたり、怖い思いをしたり、絶望した人間が山のようにいるんだ。『反省しました。ごめんなさい』で簡単に許されることじゃない。あかりちゃん、そのあたりのことが分かってないでしょ」

「確かに分からないかもしれません」あかりは反論した。「でも、店長自身は分かったうえで、反省して頑張ってきたんじゃないんですか。それは認めてもいいと思いますけど」

「ちゃんと反省したならね」竜之介が肩をすくめる。「でもさ、あいつらが被害者に謝罪したって一度も聞いたことないんだよね。それでも反省してるって言える？　僕には過去をなかったことにしてるだけにしか思えないけどなあ」

あかりは黙り込んでしまった。札山はきっとそうじゃない。きちんと反省している。しかし、そう断言できるだけの根拠がなかった。

「とにかく二人ともさっさと店は辞めたほうがいいな」

「辞める？」あかりはびっくりして訊き返した。「どうしてです」

「あかりちゃん、知らないの？」

「なにがですか」

「昨日、高月茂雄が殺されたこと」

「たかつき？」あかりは眉をひそめた。すぐには誰か分からない。

「高月の店長だよ」緑子が言った。

「高月ってあの居酒屋の？」

「そうだ」

　あかりはがく然とした。「……ウソでしょ」

「ニュースにもなってる。昨日の閉店後に店で殺されたんだ」

「あの人が……」

「これで東京ピエロの第五世代、いわゆるＧ５の五人中二人が殺されたことになる」竜之介が指を二本立てる。「この先、ドームスも巻き込まれる可能性は充分にある。今すぐに辞めたほうがいい」

「私もか」緑子が訊く。

「もちろん」

「でも、まだ調べることが残ってるんだ」

「例の件か」

緑子が頷く。「昨日で証拠を入手できる目処がついた」

「そういえば、おまえ、昨日の夜は遅かったな」

「必要な情報を手に入れてた。あとはタイミングだけだ」

しかしなあ、と竜之介が渋い顔をする。「今は危険すぎるぞ」

「依頼人への報告には必要だろ」

「絶対に関係あるのか」

「私はそう確信してる」

二人がなにについて話しているのか、あかりには分からなかった。しかし、それ以上に気になるのは札山のことだ。もしかしたら札山の身に危険が迫っているかもしれない。そう考えると、居ても立ってもいられなかった。

「それに――」緑子があかりを見た。「こいつと約束してるんだ。店長のことを反対するはっきりした理由を示すって」

「理由なんていらんだろう」竜之介が鼻で笑う。「あんな奴、ダメに決まってる」

「そう簡単にあきらめられないから恋なんだろ」緑子があかりを見てほほ笑んだ。「私はあかりにちゃんと納得してほしいんだ」

「びっくり……」竜之介があ然とした。「まさかグリコの口から《恋》なんて単語が出てくるとは……」

「うるさいな」緑子が嫌そうな顔をする。

あかりの膝にいるあずきが緑子を見て鳴いた。

緑子があずきを恨めしそうに見る。「あんたまでバカにするのか」

あずきがもう一度鳴いた。

あかりは思わず笑ってしまう。しかし、心に重いものがのしかかっている感覚はいつまでも消えてくれなかった。

2

時刻はそろそろ午後十時半になろうとしていた。

まもなくラストオーダーの時間だ。店内の客はまばらで、開けてあるレジはあかりのいるところだけだった。

アルバイトを始めてひと月半だが、ラストまで入るのは初めてだ。早紀が《体調不良》でしばらく休むことになったため、急に遅番のスタッフが足りなくなったためだ。

早紀が早退してから三日が経っていた。札山によると、あかりに謝罪するなら店に残っていいと伝えたという。しかし、遥が自宅へ様子を見にいったところ、落ち着いて考えたいと話していたそうだ。

あかりが悪いわけではないが、なんとなく責任を感じた。そこで少しでも力になりたくて、遅番のシフトにもできるだけ入ることにした。

バイトを辞めたほうがいいという竜之介の言葉に従うつもりはない。少なくとも緑子がいるうちは続けるつもりでいた。

自動ドアが開いた。

「いらっしゃいませ、ドームスへようこそ」と無意識に口から出てくる。相手を見て、「あ」とあかりは声をもらした。

よお、と片手を挙げて入ってきたのは、イク・エンタテインメントの社長、野田郁夫だった。「頑張ってるな、バレリーナ」と不自然なほど白い歯をむき出しにする。相変わらず高級そうなスーツに身を包んでいた。

野田の後ろには二人の男が従うように立っていた。一人は色白で神経質そうな男、もう一人は固太りの髪の短い男だった。初老と言っていい野田に比べて二人ともずいぶん若い。三十歳前後に見えた。

「札山を呼んでくれるか」野田は親指で外を指した。「表で待ってると伝えてくれ」

出ていく際、固太りの男があかりを見てニヤついた。イヤらしい笑い方に鳥肌が立つ。

「一緒にいたのはG５だ」

振り返ると、緑子が立っていた。

「痩せてるほうが浅川洋介、太ってるほうが脇博之、これに札山聡一郎が加わると、殺された二人以外の全員がそろうことになる」

「なにしに来たの？」

「なんだろうな」緑子が肩をすくめる。「今後の対策でも話し合うつもりかもしれない」

「対策……」

「替わろう」緑子があかりの肩を叩いた。「店長を呼んでこいって言われたんだろ」

「グリコちゃん、私……」

緑子がレジの前に立つ。

「余計なことは考えるな。自分なら店長を救えるなんて思うんじゃないぞ」

あかりは緑子の背中を見つめた。緑子はこちらを向こうとはしなかった。

あかりはため息をつくと事務所へ向かった。

ドアをノックしてもすぐには返事がない。もう一度ノックしようとしたとき、「誰だ」と中から低い声が聞こえた。

「真行寺です」

少し間があった。

「入って」と告げた声は先ほどより柔らかくなっていた。

「失礼します」あかりはドアを開けて事務所に入った。

札山はデスクで疲れたように椅子の背にもたれかかっていた。急に一回り小さくなったように見えて、あかりは胸をつかれる思いがした。

札山があかりを見る。口元をゆるめた。「どうかした？」

「……野田社長がいらしてます」あかりは絞り出すように言った。「表で店長をお待ちになるそうです」

札山が眉を上げる。「急だな……」と独り言のようにつぶやくと、「分かった」と腰を上げた。「たぶんこのまま帰ると思う。俺抜きで閉店作業をするようみんなに伝えてくれ」

「分かりました」

「あかりちゃんはラストまでやるの初めてだっけ？」

「はい」

「やり方は七五三さんに教えてもらってくれ。それと、あかりちゃんは明日の早番も入ってるんだよね。大丈夫なの？」

「大丈夫です」

「ありがとう。ホントに助かるよ」札山がほほ笑んだ。「じゃあ、鍵はあかりちゃんが持って帰ってくれるかな。今、神鳥さんが休んでるから、俺が持ってるマスターキーを除くと鍵が一つしかないんだ」

「分かりました」返事をしながら、あかりはたまらなくなって顔を伏せた。目頭が熱くなる。涙が出そうになるのを必死でこらえた。

「どうした」札山が不思議そうに訊いてくる。

「店長……」あかりは床を見つめたまま口を開いた。「私、店長を信じてます」

「……急にどうしたの？」

「お友だちが二人も殺されて悔しいと思います。いろいろと考えるところもあると思います。私だって店長と同じ立場になったら、どうなっちゃうか分かりません」

「あかりちゃん……」

「私、店長を尊敬してます。店長はすごいと思ってます。店長は強い人だと思ってます。だから、だから――」あかりは拳を握りしめた。「店長には絶対に死んでほしくありません」

札山の周囲でなにが起こっているのかは分からない。しかし、札山がいろいろな意味で危険にさらされているのは間違いないだろう。

もしかしたら札山がいなくなるかもしれない——そう考えると、胸が張り裂けそうなほど苦しかった。けっしてそんなふうにだけはなってほしくない。

不意に身体が浮くような感覚を覚えた。

札山がいつの間にか側に来ていた。あかりの背中に札山の両手が回っている。

あかりは固まってしまった。呼吸すらうまくできない。

強い力でも弱い力でもなかった。両腕がすっぽりとあかりを包み込んでいる。全身から札山の体温が伝わってきた。

「ありがとう」耳元でささやく声がする。

温《ぬく》もりが遠ざかった。札山が一歩下がると、あかりを見つめる。

「じゃあ、行くよ」

「店長……」

大丈夫だ、と札山があかりの頭をポンと叩いた。「心配しなくてもいい。明日もいつものように会えるよ」

札山がドアのほうへ歩いていく。事務所から出ていくまで一度も振り返ることはなかった。

3

「――やっぱ札山くんの運転は衰えてないね」

部屋に入ると、脇博之が歯をむき出しにして笑った。肌寒いのに額に汗をかいている。三十を過ぎてますます太ったせいだろう。現役のころより二回りは大きくなった気がする。

「さっきの刑事がヘタすぎんだ」札山が鼻で笑った。「あんな腕で俺を尾行しようなんて十年早い」

野田がタバコに火をつけた。「しかし、悪趣味だな」と室内を見回す。「おい洋介、もう少しマシなところはなかったのか」と冷ややかに私を見た。

野田の言うとおり、お世辞にも趣味がいいとは言えない部屋だった。妙にキラキラしているうえ、すべてが安っぽい作りだ。

「誰にも見られないとなると、こういうとこしかなかったんです」私は言い訳をした。野田に話し合いの場所を用意しろと言われて、このラブホテルを手配したのは私だった。

「それでも、もう少しマシなとこがあっただろう」

「このあたりだと難しくて」

「ほかにも探したのか」

「でも、近くには似たようなラブホしか――」

「そんなことは訊いてない」野田が遮った。「探したのかと訊いてるんだ」

私は視線を伏せる。「……探してません」

「最初に見つけたところにそのまま決めたのか」

「そうです」

「洋介さあ……」野田がため息をついた。「おまえのダメなのはそういうとこなんだよ」

「……え？」

「自分で勝手に見切って、それ以上努力しようとしないところだ。だから、会社もジリ貧になるんだ」野田が冷ややかな笑みを浮かべる。「私が援助したくないのも分かるだろう」

怒鳴り返したい衝動に駆られたが、私は必死で自分をなだめた。ここでことを荒立てる必要はない。野田が私に対してなめた口を叩けるのも今のうちだ。

「すいません」と愛想笑いを見せる。「今度から気をつけます」

「まあいい」野田が灰皿にタバコを押しつけた。「それより問題はナナとタカが立て続けに殺《や》られたことだ」

「殺ったのはカンパニーでしょう」札山が答える。

「理由は？」

「例の件の報復です。それ以外になにがあるんですか」

「東浜《ひがしはま》ともあろう者が、あんなクソガキのために報復してくるとは少々意外でな」

「もちろん報復は建前です。あのガキがしようとしたことを考えれば、真の狙いは一目瞭然でしょう」杣山が非難するように野田を見やった。「それにしても社長、余計なことをしてくれましたね」

野田が眉をひそめる。「余計なこと？」

「ガキに対する仕打ちは社長が指示してやらせたんでしょう。そのせいでこんな事態になったんですよ。あんなガキはなにもせず放り出せばよかったんですよ」

「おい、聡一郎」野田が目を細める。「私に文句をつける気か」

「文句ぐらい言わせてください。ナナもタカもそのせいで殺られたんですから。まさか責任がないとは思ってませんよね」

「結果論で言うな。本来ならおまえがケジメをつけるべきだったんだぞ。責任転嫁するな」

「責任転嫁なんかしてませんよ。ヘタなことをするとつけ込む隙を与えるから、俺はあえてあのガキを無傷で帰そうとしたんです」

「そんなことしたら、なめられるだけだろう」

「なめられるぐらい、たいしたことないじゃないですか」

「なんだよ、札山くん」脇が不服そうに口をはさんだ。「俺たち、札山くんのためにやったんだぜ。そんな言い方はないだろ。なあ、洋介」と私に同意を求めてくる。

「……そうだな」と答えながら、私は口元が引きつるのを感じた。

私が手伝ったのは、力を貸せば野田が金を工面してくれるかもしれないと期待したからだ。しかし、野田は土下座して頼む私を一笑にふした。

――あんな会社はさっさとつぶしちまえばいい。

あの瞬間、これ以上この男についていくのはやめようと決心した。

「それが余計なんだよ」札山が舌を鳴らす。「少なくとも殺す必要はなかっただろう。多少痛い目を見せて放り出すだけなら、こんなことにはならなかったはずだ」

「あれれ？」脇が意外そうに言った。

「……なんだ」札山が怪訝《けげん》そうな表情を見せる。

「タカから聞いてないの？」

「なにをだ」

「もしかして俺たちがあのガキを殺したと思ってるでしょ」

「そうだろうが。事実、ガキは死んだんだ」

違う違う、と脇が笑った。「俺たち殺しちゃいないよ」

「……なんだと？」

「確かにハピハピはアルコールと一緒に大量に飲ませたけどさ。それでラリったガキを屋上に放り出してきただけだぜ」

札山が眉を上げる。「そうなのか」

「それで橋本《はしもと》くんに連絡したんだ」

「橋本？　第三世代の橋本か」

「そう」脇が答える。「あの人、東浜くんのイヌだろ。伝えとけば引き取りにくると思ったんだ」

橋本啓之《ひろゆき》は現役時代《モンスター》と呼ばれた男だった。東京ピエロの初代リーダーであった東浜三蔵《さんぞう》に心酔し、東浜のためなら人を殺すことさえいとわない。今も普段は東浜の傍らに付き添っている。

「そしたら屋上から落ちてたって言われたからビビったんだ」脇が続けた。「だから、あのガキはマジで事故なんだって」

「そういうことか」札山が鼻で笑った。「向こうにしてみりゃいい口実ができたってことだ。こっちのせいで兵隊がやられたと言い張れる。まさにつけ込まれたってことだ」

「聡一郎」野田が静かに言う。「おまえ、さっきからイライラしすぎだ。ここで八つ当たりしてもしょうがないだろう」

札山が顔を背けた。「……そんなこと分かってます」

「怒りを向ける相手を間違えるな。とにかく重要なのはこれから先だ。このまま指をくわえているわけにもいかんだろう」

「もちろんです」札山がすぐに答える。「二人も殺られて黙ってるわけにはいきません」

「どうするつもりだ」

「刺し違えてでも東浜を殺ります」

特に驚きはなかった。札山ならそう言うと思っていたからだ。札山聡一郎とは昔からそういう男だった。

「決意は固いのか」

「はい」

「分かった。そういうことなら、私もできるかぎりの支援はする。しかしな、聡一郎――」

野田の口調が変わる。「その前に一つ伝えておきたいことがある。おまえ、不思議に思わなかったか」

「なにがです？」

「ナナとタカがどうしてあそこまで簡単にカンパニーの連中に殺られたかだ。聞いたところによると、二人とも油断したところに最初の一撃を食らってる。しかし、普通に考えて、あいつらがカンパニー相手に油断すると思うか」

札山が考え込む。「……確かにそうですね」

「そこでだ——」野田が私を見た。「洋介に訊きたいことがある」

「……え？」突然、話をふられて戸惑ってしまう。

「おまえ、会社の資金に目処がついたらしいな」

背筋がすっと冷えた。「ええ、まあ……」と目をそらしてしまう。

「どこから借りた？」

「……金融機関です」

「おいおい」野田があきれたように笑う。「見えすいたウソはやめてくれ」

「ウソなんかじゃ……」

「ネタは上がってるんだ」

私は黙り込んでしまった。全身の血の気が引いている。

「なんの話です」札山が不可解そうに訊いた。

「洋介の会社が資金繰りに困ってたのは知ってるよな」野田が札山を見た。「私が融資の頼みを断ったことも」

「一応は」

「私はこいつの会社に未来はないと思っている。だから、さっさと会社を畳めとアドバイスしたんだ。しかし、こいつはアドバイスに耳を傾けるどころか、とんでもない奴に泣きつきやがった」野田が鼻を鳴らした。「カンパニーにすがりやがったんだよ」

「な――」札山が絶句する。

「このバカ、東浜に頼んで金を工面してもらったんだ」

室内に沈黙が流れた。

頭の中が真っ白だった。まさか野田にバレているとは思わなかった。今さら言い訳が通じるはずもない。

「じゃあ……」口を開いた札山の声は震えていた。「二人を殺ったのって――」

「こいつに直接殺る度胸はないだろう」野田が顎を突き出して私を見下ろした。「しかし、関わってるのは間違いない。こいつが相手なら、あいつらが油断したのも理解できる」

今すぐこの場から逃げ出したかった。しかし、ドアまでは距離がある。窓もすべてはめ殺しになっていた。この部屋を選んだことを今さらながら後悔する。

「洋介」

札山の低い声に自然と背筋が伸びた。一気にかつての記憶がよみがえってくる。敵に容赦なく暴力を振るう十年前の札山が目の前の札山にだぶった。

「今の話は本当か」

返す言葉が思いつかない。

「まさか身内から裏切り者が出るとはな」野田が大げさに肩をすくめる。「親代わりの私としては実に悲しい話だ」

ふざけるなと思った。私だって裏切りたかったわけではない。会社がつぶれるかどうかの瀬戸際に、援助を拒否した野田が悪いのだ。私が悪いわけではない。私は被害者だ。

「てめえ――」脇が大股で近づいてくる。私の胸倉をつかむと、「ぶっ殺してやる」と殴りかかってこようとした。

「待て！」野田が止める。

「どうしてっすか」脇が不満げに言い返した。

「場所を移そう」野田が札山のほうを向いた。「おまえの店はどうだ。あそこならここよりあとの処理が簡単だろう」

札山はしばらく無言で私を見つめていた。静かな怒りが伝わってきて、私は身体の震えが止まらなくなる。

「いいですね」札山が抑揚のない声で告げた。「店にはマスターキーで入れます。東浜の前に、まずはこいつにケジメをつけてもらいましょう」

＊＊＊

【一触】東京ピエロ今昔物語【即発】81

222：名もなき外道
二人もやられたらニューエイジも黙ってないだろうな。

223：名もなき外道
ニューヨウジは泣きわめくだけ。

224：名もなき外道
パトロンに助けを求めたって噂あり。

225：名もなき外道

>> 224　G5のパトロンって誰？

226：名もなき外道
>> 225　某芸能事務所社長。
引退後にその社長から資金提供を受けたおかげで、G5の奴らは裏ビジネスに手を染める必要がなかった。

227：名もなき外道
>> 226　その社長は何か見返りないの？

228：名もなき外道
>> 227　上がりをもらってる。
他にも汚れ仕事を今でも請け負わせてる。

229：名もなき外道
>> 226、228　お前、しゃべりすぎ。

口は災いのもとってことわざ知ってる？

230：名もなき外道
>>229　三人になったニューエイジを恐れる必要があんのかよＷＷ
どうせ近いうちに残りの三人もやられる。
調子に乗ったバツだね。

231：名もなき外道
どうしてカンパニーは急にＧ５に手を出したの？
今までは放置だったんでしょ。

232：名もなき外道
Ｈの逆鱗に触れたんじゃない。

233：名もなき外道
ハゲ坊主と馬鹿にしたのかも。

234：名もなき外道
≫233　お前、マジで殺されるぞ。

235：名もなき外道
≫234　もしくはハゲにされる。

236：名もなき外道
≫231　マジレスするとあるモノを狙ってるから。

237：名もなき外道
≫236　あるモノって？

238：名もなき外道
これ以上は言えない。言ったらマジで消される。
いずれにせよ、カンパニーは本気。

行動を始めた以上、トコトンやる。
残り3人も近々同じ目にあう。

239：名もなき外道
>>238　G5も黙っていないでしょ。

240：名もなき外道
カンパニー幹部の居場所は警察でもつかめない。
G5にできる反撃はない。

241：名もなき外道
警察は何やってるの？
二人殺したのがカンパニーなのは明白でしょ。
早くパクれよ。

242：名もなき外道

>> 241　泳がせてるんだよ。
警察もあんなクズどもにはウンザリしてる。

一人でも多くの奴が殺し合ってほしいのさＷＷ

4

駅の近くまで来たとき、「あ」と緑子が足を止めた。

「どうしたの」あかりは訊き返す。

「店の鍵を貸してくれ」

「鍵？」

「忘れ物をしてきた」

「一緒に行くよ」あかりは来た道を戻ろうとする。

「いやいや」緑子があかりの前に回り込んだ。「一人で大丈夫だ。鍵だけ貸してくれるか」

「でも――」あかりはためらった。杣山からはあかりが預かるように頼まれている。

「私も明日は早番だ」

「そうだけど……」

「早く」緑子が手を突き出してきた。

あかりは渋々カバンから店の鍵を取り出した。

「サンキュー」緑子が受け取る。「じゃあな」と片手を挙げると足早に行ってしまった。

時刻はまもなく午後十一時半になろうとしていた。駅前の商店街はまだまだ人通りが多い。

緑子の姿が見えなくなっても、あかりはしばらくその場に立ち尽くしていた。

忘れ物は間違いなく嘘だろう。さすがに緑子の態度は不自然と言わざるを得なかった。だとしたら、店に入る目的として思い当たることは一つしかない。

事故で死んだとされている元アルバイト、花中慎吾に関する調査だ。先日も「調べることが残ってる」と竜之介相手に話をしていた。

迷ったのは一瞬だった。すぐにあかりもドームスへと向かう。

夜の風は涼しかった。火照った身体に心地よい。札山に抱きしめられたあとから、全身に熱を帯びているような感覚があった。

店の前まで来て足を止める。シャッターの向こうに見える店内は暗く静まり返っていた。

ここで待つのも一つの方法だろう。いずれ緑子は店から出てくる。そこを捕まえて問い詰めればいい。

しかし、これまでの経緯を考えると、緑子が素直に話すとも思えなかった。肝心なところを隠さないともかぎらない。

中に入ろうと決めて裏へ回った。緑子に咎められても開き直ればいい。やましいところがあるのは緑子のほうだ。

ドアに手をかける。鍵はかかっていなかった。中に入ると店内は暗く、非常灯の光が廊下の奥でぼんやりと輝いている。

足音を忍ばせた。ふと思い出して顔を上げる。先日、神鳥早紀を映した防犯カメラはすでに取り外されていた。

最初に更衣室に行ったが、緑子の姿はなかった。やはり目的は忘れ物ではなく別のことに違いない。

更衣室を出た瞬間、どこかから物音が聞こえた。短い悲鳴のような声がそれに続く。

あかりは反射的に暗がりに身を寄せた。しゃがみ込んで息を殺す。手のひらにじっとりと汗がにじんできた。

事務所のドアが乱暴に開いた。

誰かが飛び出してくる。そのまま廊下を駆けてくると、あかりのすぐ横を通り過ぎていった。両手に紙袋のような物を提げている。

通用口が開いて、外の光に一瞬、横顔が照らし出された。

あかりは声を上げそうになった。

ドアが閉まると、再び廊下は非常灯の頼りない光だけになる。

あかりはしばらくぼう然としていた。今、目の前で見たことをどうとらえればいいのか分からない。

ハッと振り向いた。事務所のドアが開きっ放しになっている。

先ほど悲鳴のような声を聞いた。あれは——。

あかりは駆けだした。事務所に飛び込むと電気をつける。

いつも暗証番号でロックされているドアが開いていた。手前にあるデスクの向こうに、うつ伏せに倒れた人間の脚が見える。ネコの刺繍《ししゅう》が入ったスニーカーをはいていた。

全身の血の気が引く。

そのとき、小さなうなり声が聞こえた。ネコのスニーカーがわずかに動く。

「グリコちゃん！」あかりはデスクの向こう側へと回った。

緑子が身体を起こそうとしていた。黒縁のメガネが斜めにずれている。

「大丈夫？」あかりは急いで手を貸した。

「あたた……」緑子が顔をしかめる。後頭部を押さえた。「あとをつけてきたのか」

うん、とあかりは頷いた。「殴られたの？」

「誰もいないと思って油断した。おまえは大丈夫だったのか」

「隠れてたから気づかれなかったみたい」

緑子がメガネを直す。「相手を見たか」

あかりは目をそらした。一呼吸置いてから、「うん」と頷く。「どうしてあの人がグリコちゃんを殴るの？」

「とっさで驚いたんだろう」緑子がロックの解除されたドアを見上げた。「目的は私と一緒だったようだ」

「目的？」

「ここに保管してあったモノだ」

「なにが保管してあったの？」

「ハピハピ」

あかりは目を丸くした。「それって危険ドラッグの？」

ああ、と緑子が頷く。

「どうしてそんなものがうちの店に？」

緑子が床にあぐらをかいた。「二年ほど前から、イク・エンタテインメントの野田はハピハピを大量に仕入れては荒稼ぎをしている。ここはその倉庫の一部だ」

あかりはあ然としてしまった。いくら違法でないとはいえ、そんなものが店内に保管されていたことは衝撃だった。

「ハピハピに常習性がある話は前にしたな」

あかりはぼう然としたまま頷く。

「野田は自分が資金提供しているG5が手がけるビジネスに、その特徴を利用させた。たとえば『高月』の天ぷらだ」

「天ぷら？」

「あの天ぷらにはハピハピが混ぜ込んである」

あかりは目を見開いた。「じゃあ、私たちは知らないうちに……？」

「そういうことになるな。あのクソまずい天ぷらが徐々にクセになるのには、そういうカラクリがあったんだ」

「どうしよう……」

「心配するな。食べたと言っても数回だろ。私も食べてる。多少の蓄積性はあるが、問題がないことは竜おじのツテで確認済みだ」

あかりは少し安心する。

「ちなみにハピハピはここドームスでも使われてる」

「ウソでしょ」あかりは思わず緑子の両腕をつかんだ。

「ウソじゃない。ここにハピハピが保管してあったのが証拠だ」

あかりはハッとした。「……もしかしてやみつきポテト？」

「そうだ」

「信じられない……」あかりは口の中でつぶやいた。「みんなはそのこと知ってるの？」

「知ってるのは札山と神鳥早紀だけだ。早紀は頼まれて仕方なく手伝ってたらしい。そこまで協力したのにああもあっさり切り捨てられて、ずいぶんと自暴自棄な様子だったよ」

「グリコちゃん、あのあとマネージャーに会ったの？」

「あの日の夜、自宅まで会いにいった。ハピハピのことを訊いたら、あっさり教えてくれたよ。店の鍵は返したと言っていたが、ここの暗証番号は教えてくれた。営業中は事務所に入れないから、いずれ鍵をこじ開けて忍び込むつもりだったんだ。おまえが鍵を預かったと聞いて、絶好のチャンスだと思ったんだけどな」緑子が苦笑いする。「そしたら、こんな目にあっちまった」

「――ずいぶんと詳しいな」

振り向くと、野田郁夫がゆっくりと事務所に入ってくるところだった。先ほど店に来た脇と緑子が呼んだ太った男、次に浅川という色白な男が続く。浅川の腕は最後に入ってきた札山が背中でねじり上げていた。札山は見たことがないほど険しい表情をしている。

野田が声を上げて笑った。「今夜は楽しい夜になりそうだ」

5

七五三さん、と口を開いたのは札山だった。「君はいったい何者なんだ」

「七五三とは私の母方の姓です」緑子が腰を上げる。

あかりも一緒に立ち上がった。

「私の名字は十二年前まで大森《おおもり》でした。ご存じですよね、大森誠士郎《せいしろう》のことは」

「大森？」札山が訝しげに眉をひそめる。「誰だ、それは？」

緑子があきれたように笑った。

「やっぱり過去はリセットしてるんですね。それでよく反省したと口にできるものです」

あ、と声を上げたのは脇だった。「大森って大森のおっさんじゃねえの」

「大森のおっさん？」札山が訊き返す。

「ほら、いたじゃん。藪田のオヤジの相棒。上の奴らと揉《も》めたとき、あいつを拉致れば手打ちにしてくれるって――」

「待て、待て」札山があわてたように言葉をはさんだ。「分かった。思い出したよ。組織犯罪対策課の刑事だ。奥さんと一緒に行方不明になったんだったな。そこまでは覚えてる。あのあと見つかったのか」

「見つかりませんよ」緑子が冷ややかに答える。「見つからない理由は、あなたたちが一番よく知ってるでしょう」

「俺たちが知るわけないだろう」札山が声を出して笑った。「それより、どうして大森さんの娘がうちでバイトしてるんだ」

「私は探偵ですから」

「探偵？」札山が当惑した表情を浮かべる。

「ある依頼を受けて、この店を調べていたんです」

「どんな依頼だ」

「答えられません」

「誰の依頼だ」

「それも答えられません。守秘義務がありますから」

札山がため息をつく。あかりのほうを見た。「あかりちゃんはこの話と関係あるの？」

「あります」

「おい！」緑子が目を丸くする。

あかりは緑子を見た。「関係あるでしょ。だって、依頼者も依頼内容も知ってるんだから」

「バカ、余計なことを――」

「知ってるんなら教えてくれ」札山が言った。「これは重要なことだ。回答によってはこのまま君たちも帰せなくなってしまう」

「どんな回答なら帰せて、どんな回答なら帰せないんですか」

「……え？」札山が意表を突かれた表情を見せる。

「帰せない場合、私たちはどうなるんですか」あかりは札山が腕をひねり上げている浅川を見た。「その人みたいにされるんですか」

「あかりちゃん、頼む」札山が懇願するように言う。「遊びじゃないんだ。本当のことを教えてくれ」

「私だって遊びのつもりはありません」

「もういいじゃん、札山くん」脇がヘラヘラ笑った。「そんな女、帰す必要ないって。洋介殺《や》ったら輪姦《まわ》しちゃおうよ」

「はあ？」札山がすごんだ。「てめえ、ふざけたこと言ってんじゃねえぞ。ぶっ殺されてえのか」

背筋がすうっと冷たくなった。テレビや映画以外で、そんな恐ろしい言葉を聞いたのは生まれて初めてだった。

「安心しろ、聡一郎」野田がスーツの内側に手を入れる。「その探偵はカンパニーが雇ったわけじゃない」

札山が訝しげな顔をした。「どうして分かるんです」

「そんな小娘を雇ったとは聞いてないからだ」

野田がスーツから手を出した。手には黒光りする塊を握っている。野田はその手を真っ直ぐに札山へと向けた。

「……社長?」札山が不思議そうな顔をする。「なんです、それ?」

「拳銃だよ」野田が口元に笑みを浮かべた。脇を見やると、「やれ」と顎をしゃくる。

脇が札山の前にいた浅川の顔面をいきなり殴りつけた。鈍い音がして浅川と札山が床に倒れ込む。

脇は勢いのまま浅川の右腕に飛び乗った。骨の折れるような音が響いて、浅川の右肘が逆方向に曲がる。浅川が叫び声を上げた。

脇は間髪いれず札山のわき腹を蹴りつけた。札山は浅川が上に乗っているせいで自由に動くことができない。もろに蹴りを食らって激しく咳き込んだ。

脇は狂ったように浅川と札山を蹴り続けた。攻撃を受けるたび、二人の口からうめき声がもれる。

あかりはその場で固まっていた。人が人に暴力を振るう場面を初めて目の当たりにしていた。顔を背けたくなる光景だが、なぜか背けることができない。

急に腕をつかまれた。振り向くと、緑子が真剣な表情であかりを見つめている。視線だけ出口のほうへ向けると、つかんだ腕を小さく引っ張った。

逃げようということだろう。

札山を残していくのにはためらいがあった。しかし、残ったところであかりにできることはない。あの大柄な脇に対抗できるとも思えなかった。ましてや野田は銃を持っている。ここを無事に脱出して、警察に連絡したほうがいいのは間違いなかった。

脇が蹴《や》るのを止めた。息が上がっている。額に汗をにじませながら、恍惚《こうこつ》とした表情をしていた。

脇は浅川の髪をつかむと横に転がした。自由になった札山が身体を起こそうとする。そこに脇が平手打ちを食らわせた。札山が再び床に倒れ込む。

脇は何度か札山を蹴りつけると、野田から渡されたガムテープで札山の手首を背中でグルグル巻きにした。

脇が腰を上げると、札山に向かって得意げに顎を突き出す。「札山聡一郎ともあろう者がミジメな姿だなあ」

「脇、てめえ……」札山は口元が切れていた。顔が腫《は》れている。「どういうつもりだ」

「悪く思わないでよ。俺だって生き残るために必死なんだ」脇が浅川を見た。「残念だったな、洋介」と口を斜めにした。「おまえは使い捨てなんだよ」

「使い捨て……？」浅川が脇を見つめた。

「おまえにはここで死んでもらうからさ」

緑子が急《せ》かすようにあかりの腕を引っ張った。後ろ髪をひかれる思いだったが、あかりは小さく頷く。

ドアまでは三メートルほどあった。一気に駆ければ、追いつかれる前に部屋から出られるはずだ。あとは廊下を全力で走ればいい。

肩にかけたカバンを握りしめた。緑子に目配せする。声を出さずに（せーの）と口を動かすと、二人同時に駆けだした。

「おい――」野田が焦ったような声を上げた。

脇があわてたようにこちらに来ようとする。

あかりは出口にたどり着くと、素早くドアを開けた。飛び出そうとして足を止める。

目の前に男が立っていた。

肩を突かれる。よろめいて緑子にぶつかってしまった。二人で抱き合うようにしながら壁のほうまで後ずさる。

部屋に入ってきたのはかなりの大男だった。大柄な脇が小さく見えるほどだ。Tシャツから突き出た腕はあかりのウエストぐらいあった。

「橋本……」札山が男を見て上半身を起こす。

橋本と呼ばれた男が大げさにため息をついた。「ホントにおめえは礼儀がなってねえ」と札山のほうへ近づいていく。「先輩を呼び捨てにしてんじゃねえぞ」

橋本が革靴の先を札山のみぞおちに叩き込んだ。札山が身体をくの字にしてのたうち回る。

「店長！」

声を上げたあかりを橋本が睨んだ。冷めた視線にあかりは凍りついてしまう。

「そこから動いたら、おまえたちから始末する」橋本が静かに告げた。

「お疲れっす」脇が明るく言う。「ナイスタイミングで助かりました」

「なんだ、こいつら？」橋本があかりたちを顎で示した。

「よく分かんないんすよね」

橋本が野田を見やる。「どういうことです」

「私にも分からん」野田が肩をすくめた。「そっちのメガネの娘は探偵らしいがな」

「探偵？」

「大森のおっさんは覚えてないっすか」脇が橋本に歩み寄った。

「大森だと？」

「いたじゃないっすか、藪田のオヤジの相棒」

「ああ、あのクソマジメな刑事か。それがどうした」

「そのメガネッ子、あのおっさんの娘だそうですよ」

ほう、と橋本が緑子を見つめる。「大森の娘がどうしてこんなところにいる？」

「あ、あんたには関係ない……」緑子の声は震えていた。それでも毅然《きぜん》と橋本を睨み返している。

橋本はしばらく観察するように緑子を眺めていた。「まあいい」と口を斜めにすると、横たわっている浅川の側へと行った。

「は、橋本さん……」浅川が泣き笑いのような顔を見せる。「どういうことです……？　私はあんたたちに協力――」

橋本が浅川の折れた右腕を踏みつけた。浅川がのけ反りながらかすれた叫び声を上げる。

橋本はそのまま踏みつぶすように右足を動かした。それに合わせて、浅川の身体がけいれんしたように反応する。

今度は浅川の顔面に靴の踵《かかと》を落とした。なにかがつぶれるような音が響き渡る。

さすがに直視できず、あかりは目をそらしてしまった。

同じ音が何度も聞こえてくる。初めは浅川のうめき声もしていたが、やがて粘着質な音しか聞こえなくなった。

室内に静寂が訪れた。

あかりはおそるおそる振り返る。目の前の光景に息を呑んだ。

浅川はあお向けのまま動かなくなっていた。顔は真ん中がくぼんで原形をとどめていない。周囲にはどす黒い血が飛び散っていた。

橋本は無表情に足元の浅川を見下ろしている。

へへ、と橋本の隣で脇が引きつった笑みを浮かべた。足で浅川を押すように転がす。身体がうつ伏せになって浅川の顔が見えなくなった。

「悪く思うなよ」脇が笑いながら言う。「使えない奴はこうなる運命なんだ」

なるほど、と橋本が口元をゆるめた。

「だとしたら、おまえも同じ運命をたどらなきゃダメだな」

「……え？」

脇が橋本を振り返るのと同時だった。

橋本が振り下ろした拳が脇の顔面をとらえる。骨の砕けるような音が聞こえた。

6

「携帯を渡してもらおう」野田が左手を差し出した。逆の手には拳銃が握られている。銃口はあかりと緑子に向けられていた。

あかりたちは廊下へ通じるドアから一番遠い壁際に追いやられていた。逆らうわけにもいかず、カバンから携帯を取り出すと野田の手に置く。緑子も同じようにした。

野田が満足げな表情を見せると、あかりたちの携帯をスーツのポケットにしまい込んだ。

携帯を渡すあいだも湿り気を帯びた音が何度も聞こえていた。

脇があお向けに倒れている。橋本が髪をつかんで、血だらけの顔に拳を叩きつけていた。

脇は腕をダラリと垂らしている。

浅川はあのあとピクリともしなかった。

「橋本くん」野田がうんざりしたように言う。「もういいだろう」

橋本が殴るのを止めた。手を放すと、脇の後頭部が床にバウンドする。白目をむいた顔を天井に向けた。

「なんてことを……」札山が押し殺した声でつぶやく。後ろ手に縛られたまま座り込んでいた。腫れた顔が痛々しい。

「G5同士の仲間割れにしようと思ってな」野田が札山へ近づいた。「仲間全員を殺害しておまえが自殺するという筋書きだ」

　札山が野田を見上げた。「俺たちをカンパニーに売ったんですか」

「ツライ決断だった」野田は芝居がかったように両手を広げた。「しかし、先にカンパニーにすり寄ったのは洋介のほうだ。金の工面さえしてくれれば、ほしい情報を全部流すとね」

「あいつ……」札山が倒れている浅川を見やった。

「東浜氏からその話を聞いたときはショックだったよ。息子に裏切られたような気分だった。そのときの私の気持ちが分かるかね」

「だったら、融資してやればよかったじゃないですか」

「才能のない奴にこれ以上ムダな金をやるのはゴメンだ」

「情はないんですか」

「情ならこれまで充分にかけてやった」野田が口を斜めにした。「教えてくれた東浜氏には大いに感謝したよ。だから、私から提案したんだ。ハピハピのビジネスパートナーになってくれないかとね」

「あんたはバカだ」

「……なに？」

「カンパニーみたいなクソ野郎と組んだら、いずれ捨てられるだけなのに」

「札山ぁ！」橋本が足の裏を向けて札山に飛び蹴りした。

札山が床に倒れ込む。

橋本は札山に馬乗りになると、両手を使ってものすごい勢いで平手打ちを始めた。乾いた音が響き渡る。

「先輩に向かってクソ野郎だと？　礼儀がなってねえなあ。その身体に教えてやらねえとなあ。ああ、こらあ！」

二十回ほど音が続いて平手打ちが止んだ。

札山の顔が先ほど以上に腫れていた。頰のあたりは赤を通り越してどす黒くなっている。

橋本が腰を上げた。「ここで保管してたハピハピは？」

「倉庫にあるはずだ」野田がデスクの後ろのドアを示す。

橋本は奥へ向かった。そのまま倉庫の中へ入っていく。

野田があかりたちに背を向けた格好でタバコに火をつけた。札山を見下ろして、「イケメンが台なしだな」と笑った。

あかりは倉庫のドアを見つめた。ふとボックスのランプが緑になっていることに気づく。

あれを使えば――。

緑子の腕をつかんだ。倉庫のドアに目をやってから（あっちを）と口の動きだけで伝える。

緑子は一瞬眉をひそめたが、すぐに理解したように頷いた。（でも――）と顎で野田を示す。（向こうは？）

（それは任せて）

（任せるって？）

説明している時間はなかった。橋本が戻ってきたらチャンスがなくなってしまう。

（行って）あかりは緑子の背中を押した。

緑子はわずかに迷った様子を見せたが、覚悟を決めたように倉庫のほうへ足音を忍ばせて向かった。

あかりは一歩前へ踏み出す。

半年以上レッスンはしていない。しかし、バレエには二十年の人生すべてを捧げてきた。その努力はきっとここで自分を助けてくれるに違いない。

緑子がドアを閉める。ボックスのランプが緑から赤に変わった。ロックがかかった証拠だ。

これで橋本は倉庫から出てくることができない。

野田がハッとしたように振り向いた。緑子を見て、あ、と口を開ける。「なにをしてる！」とタバコを投げ捨てて銃をかまえた。

あかりは駆けだした。

野田があかりを見る。驚いた様子で銃口をこちらに向けようとした。

あかりはためらいなく床を蹴った。身体が宙に浮く。一瞬、目の前にステージが見えた気がした。

右脚で拳銃を持つ野田の手を蹴り飛ばす。

はじけ飛んだ拳銃が床を壁際まで滑っていった。

野田が反射的に拳銃を目で追う。

あかりは着地と同時に、同じ右脚で今度は野田の首筋を蹴りつけた。続けて三回、鞭《むち》をしならすように叩きつける。

野田の身体から力が抜けた。

あかりが一歩下がると、野田が膝からくずれ落ちる。そのまま後ろ向きに倒れてしまった。殺してしまったかとあわててしゃがみ込む。胸が上下しているのを確認してホッとした。

すぐに野田のポケットから自分たちの携帯を取り返した。

「すごいな」緑子がメガネの奥の目を丸くしていた。デスクを回ってこちらへ来る。

「おまえ、格闘経験者なのか」

まさか、とあかりは笑った。「バレエの応用だよ」

「——野田を縛るんだ」

振り返ると、札山が身体を起こそうとしていた。

あかりは急いで駆け寄った。起き上がるのに手を貸す。

「俺はいい。早く野田を……」

「こっちは私がやる」緑子が床に放り出してあったガムテープを拾い上げた。野田の背後に回り込む。

札山は右目がほとんど塞がっていた。顔中が内出血していて見ているだけで痛々しい。

「散々だよな」と自嘲気味の笑いをもらした。「あんなに努力してきたのにこのざまだ……」

あかりは返事をせずに、手首のガムテープを外し始める。

札山が努力してきたことは認める。しかし、今になって、どこか割り切れないものがある気がしてきた。

札山のガムテープがすべて外れる。緑子も野田を縛り終えていた。

そのとき、地響きのような音が聞こえた。

「え？　なに？」あかりは驚いて周囲を見回す。

今度はめりめりときしむような音がした。

振り返ると、倉庫のドアがいつの間にかこちらへせり出している。

「逃げろ！」札山があかりの腕をつかんだ。

「で、電話を――」

あかりが携帯を操作しようとした瞬間、破裂音とともにドアが真っ二つに裂けた。裂けた部分から重そうな鉄製の棚が飛び出している。

棚が視界から消えると、ドアの裂けたあいだから橋本がゆっくりと出てきた。室内を見回すと、あかりが持つ携帯に目を止める。

「よこせ」橋本が右手を突き出した。

あかりは携帯の操作を続けようとする。

「ダメだ。渡せ」緑子が焦ったように言った。

それでも、あかりは震える指で電話をかけようとした。

「よこせ」橋本がデスクを乗り越えてこようとする。

緑子があかりから携帯を二台とも奪い取った。橋本に向かって投げつける。

携帯は橋本にぶつかってデスクの上に落下した。

その隙に緑子があかりを抱きかかえると、壁際に引きずっていった。廊下へと通じるドアまでは遠くなってしまう。

あかりは息が上がっていた。呼吸が浅くなっているのが自分でも分かる。

橋本は二台の携帯を拾うと躊躇なく床に叩きつけた。激しい音とともに携帯が砕け散る。

橋本がデスクを乗り越えた。野田の側に行くと、胸倉をつかんで引き寄せる。「起きろ」

といきなり平手打ちをした。

「ん……？」野田が目を開ける。

「ハピハピはどこだ」

「……なに？」

「奥の部屋にはなかった」

「ないだと？」野田が眉をひそめる。「そんなはずはない」

橋本が再び野田を平手打ちした。

「な、なにをする？」

「ハピハピはどこだ」

「ホントに知らん」

三度、高い音が響き渡った。

「や、やめろ！」野田が悲痛な声を上げる。「私にこんなことしていいと思ってるのか」

「保管してあるハピハピさえ手に入れれば、あんたは始末していいと言われている」

「な――」野田が目を見開いた。「バ、バカなことを言うな。私がいなくなったらこの先の仕入れをどうするつもりだ」

「仕入れ先とはすでに東浜くんが話をつけてる」

「は……？」

「今後はあんたを介さないことで話がまとまった」

「そんな……」野田ががく然とした表情を見せた。

「知らないのならおまえに用はない」

橋本が野田の顔面に拳を突き刺した。

野田の口から妙な音がもれる。首がガクンと背後に折れた。

橋本が腰を上げる。札山の側に歩み寄ると、髪をつかんで無理やり立たせた。

「ハピハピはどこだ」

「知ってても言うかよ」

橋本が下から突き上げるように、札山のみぞおちに拳を叩き込んだ。一瞬、札山の身体が宙に浮く。そのまましゃがみ込んでしまった。

「じゃあ、そこの小娘たちに訊いてみよう」橋本があかりたちを見る。

全身に鳥肌が立った。

「私が囮《おとり》になる」緑子が前を見たままつぶやく。「そのあいだに助けを呼んできてくれ」

「ダメよ」

「それしか方法はない」

「でも――」

橋本が近づいてくる。口元には酷薄な笑みが浮かんでいた。

その背後で札山が立ち上がる。体当たりするように橋本の腰に抱きついた。

「逃げろ！」

「放せ！」橋本が札山の背中を拳で殴りつけた。

札山の身体が腰から折れ曲がる。口からうめき声がもれた。

橋本が今度は札山の顔を殴りつける。内出血している部分が切れて、血が宙に舞い散った。

札山の腕から力が抜ける。橋本にもたれかかるように倒れ込んでしまった。

「次はおまえたちだ」橋本があかりたちを見て歯をむき出しにした。

そのとき、入り口のドアが開いた。人影が飛び込んでくる。しなやかな身のこなしに、あかりは一瞬ネコを想像した。

人影は橋本に駆け寄ると、素早く腹部に拳を二発叩き込んだ。次に肘で首筋を殴りつける。橋本の顔が歪んだ。

続いて懐に飛び込むと、腕を巻き込むように橋本の身体をはね上げる。橋本の巨体が一回転して床に叩きつけられた。

反動で、人影がかぶっていた帽子が宙に浮き上がる。

「――すまんね、遅くなって」

竜之介だった。床に落ちた帽子を拾い上げると、「こいつが入り口に鍵をかけるもんだから、開けるのに苦労しちまった」と足元の橋本を顎で示す。

「竜おじ……」緑子がつぶやく。

「僕の尾行趣味もたまには役に立つだろ」竜之介が得意げに笑った。帽子をかぶり直す。

「さあ、鬼退治といこうか」

7

帽子が宙を飛ぶ。

竜之介が回し蹴りをした。橋本が片手ではじく。竜之介はさらに連続して蹴りを繰り出すが、ことごとく橋本に防がれてしまった。

今度は橋本が左右の拳を突き出す。竜之介は後退しながら、頭を振って攻撃をかわした。タイミングを見計らって、橋本の右腕をはたく。橋本が体勢をくずした。

竜之介はその隙を見逃さなかった。橋本の右腕をかかえ込むと、体重をかけるように押し倒す。鈍い音がして橋本が悲鳴を上げた。

竜之介は橋本をあお向けにすると素早く馬乗りになる。あかりたちを振り返ると、「警察に」と自分の携帯を放ってよこした。

あかりは受け取ると、あわてて一一〇番しようとした。

橋本が獣のような咆哮《ほうこう》を上げる。左腕を無茶苦茶に振り回し始めた。そのうちの一発が竜之介の側頭部をとらえる。

竜之介の首が傾いた。ゆっくりと床に倒れ込む。

あかりは震える手で必死に電話をかけようとした。しかし、どうしてもうまく番号を押すことができない。

「もう！」あかりは苛立って声を上げた。

橋本が起き上がる。鬼のような形相でこちらへ向かってきた。

逃げようとしたが間に合わない。橋本の左腕が伸びて、あかりの手から携帯を叩き落とした。落ちた携帯を橋本が踏みつける。携帯が砕け散った。

橋本があかりを見下ろす。肩が外れたらしく右腕をダラリとさせていた。左手で押さえながら荒い息をしている。額には大粒の汗が浮いていた。

緑子が大声を上げると頭から橋本に突っ込んだ。意表を突かれた橋本がよろめいて後ずさる。緑子はすぐに戻ってくると、あかりの腕をつかんで一緒に奥へと退いた。橋本からは離れることができたが、事務所の出口からはさらに遠ざかってしまう。

こうなると、隙を見て逃げ出すのは難しそうだった。竜之介たちが部屋の中央にいるため、出口へ行くには側を通過する必要がある。万が一、あかりたちが橋本に捕まってしまえば、竜之介の足を引っ張ることになってしまう。

「いいぞ、グリコ」

竜之介がゆっくりと立ち上がった。右のこめかみから血が流れている。首のあたりまで真っ赤に染まっていた。

「竜おじ！」緑子が声を上げる。

「大丈夫だ」竜之介が笑みを浮かべた。「僕は絶対におまえの前からいなくならない」

橋本が自分の右肩をつかんだ。天井に向かって大声で吠える。続いて鈍い音が聞こえた。

しばらくして橋本が息をついた。右肩をグルグルと回す。

「自分ではめやがった……」竜之介があきれたように言った。

「これぐらいは慣れっこだ」

橋本が竜之介の右側から蹴りを放った。血で見えにくいのか、竜之介の対応がほんの一瞬、遅れてしまう。

竜之介が身体ごと弾き飛ばされた。壁に激突する。橋本が飛び蹴りで追いかけた。

竜之介は床に転がった。橋本が足を投げ出すような蹴りを繰り返しながら、竜之介をさらに追いかける。

竜之介が壁に詰まった。橋本は容赦なく蹴りつける。竜之介は逃げることができず、小さく丸まって耐えていた。

助けなきゃ――。

あかりは深呼吸をした。

あんな大男相手になにかができるとは思えない。あの冷たい視線を向けられるだけで、身体が震えそうになる。しかし、竜之介を助けられるのは自分しかいない。

橋本が竜之介の背中を踏みつけた。竜之介がうめき声を上げる。踏みつけられるたびに、竜之介の顔が苦痛に歪んだ。

ふと気配を感じて振り向く。

札山が立ち上がっていた。フラつく足で橋本のほうへ近づいていく。ほとんど倒れ込みながら橋本の腰にしがみついた。

橋本がバランスをくずしてよろめく。その隙に竜之介が橋本の前から逃げ出した。橋本をあいだにはさんで、あかりと向かい合った位置で素早く立ち上がる。

「この死にぞこないめ！」橋本が札山の背中に組んだ両手を叩きつけた。

札山は離れようとしない。必死に橋本に抱きついている。「頼む。こいつを倒してくれ！」と竜之介に向かって懇願した。

「言われなくたってやるよ！」

竜之介が身構えた。

それを見て、あかりも駆けだす。

竜之介の右脚が高く上がった。蹴りが橋本の首に向かって放たれる。

橋本が腕で防御した。反対側の首ががら空きになる。

あかりは床を蹴った。右脚を上げると指の先まで神経を通わせる。渾身の力を込めて、がら空きの首筋につま先を突き刺した。

橋本の首が衝撃で前方に折れる。そこに竜之介が再度反対側から蹴りを叩き込んだ。橋本の首が今度は後方に弾かれる。橋本の全身から一気に力が抜けるのが分かった。

札山が手を放すと、橋本は受け身も取らず背中から倒れ込んだ。後頭部が床に激突して鈍い音が響き渡る。橋本は白目をむいて完全に気を失っていた。

あかりは肩で息をしていた。足の先に生々しい感触が残っている。

竜之介が息をついた。半分血まみれの顔で笑う。

「鬼退治完了」

札山は床にあお向けに寝転がっていた。腕で目のあたりを押さえている。身体が細かく震えだした。やがて、ククッと笑い声がもれ聞こえてくる。

「これでなにもかも終わりだ！」札山が自嘲気味に叫んだ。「せっかくやり直そうと思って必死で努力してきたのによお。こんな形でケチがつくとは思わなかったぜ。あーあ、やってらんねえよ」

竜之介が帽子を拾ってかぶり直す。タバコに火をつけると、橋本をうつ伏せにした。「札山くんさあ」とくわえタバコでネクタイを外す。「もしかして勘違いしてない？」

札山がつらそうに身体を起こした。「勘違い？」と訝しげに訊き返す。

「君、やり直してなんかいないだろう」竜之介が外したネクタイで橋本の手首を縛り上げる。

「はあ？　なんも知らねえおっさんがなに言ってんだ」

「開店資金は汚い仕事を請け負ってきた対価として野田にもらったものじゃないか」竜之介

が橋本の上に腰を下ろす。「そんな汚い金でよくやり直したとか言えるね。汗水なんか一つも流してないくせに」

「金にキレイもキタナイもないだろ。それにな、一回ドロップアウトした人間が元に戻るのは簡単なことじゃねえんだ。キレイごとだけじゃムリなんだよ」

「当たり前だ。それまで散々社会に迷惑をかけてきたんだからな。『やめます』、『分かりました』なんてなるわけないだろう。それをなんとかするためには、人並み外れた努力が必要なんだ。そこを端折《はしょ》っておいて、被害者面してほしくないね」

「あんたには分からないさ」札山があかりを見た。「俺やあかりちゃんみたいに必死でやり直そうとしてる人間の気持ちはな」

おいおい、と竜之介があきれたように笑う。「あかりちゃんを君なんかと一緒にするな。彼女はこれまでも必死で努力してきた。そのうえで、新たな道に進もうとさらに努力をしてるんだ。君みたいな奴とは根本的に違うんだよ」

「そんなことはない。俺とあかりちゃんは似てるんだ」

「——ちっとも似てない」それまで黙っていた緑子が口をはさんだ。「こいつはどんなに苦しくても、ハピハピで楽して儲けようなんてしない。あんたとは根本的に違う」

「ハピハピは危険ドラッグだ。あくまで合法なんだから問題はない」

「だったら、どうして自分だけ天ぷらを食べようとしなかった？」

　札山は答えなかった。

「危険ドラッグがどれほど危険か、あんたならよく知ってるはずだ。だから、口にしなかったんだろう。つまり、あんたは基本的にほかの人間がどうなろうと知ったこっちゃないんだ。それがたとえあかりであってもな。そんな奴とあかりが似てるわけがないだろう」

「店長……」あかりは呼びかけた。

　札山があかりを見る。不機嫌そうに「なに？」と訊いてきた。

「一つ質問させてください」

「だから、なに？」

「『ご一緒にポテトはいかがですか』って言葉、どういう気持ちで聞いてたんですか」

「は？」

「『ご一緒にポテトはいかがですか』って私たちがお客さんに笑顔ですすめてるのを、店長はどういう気持ちで聞いてたんですか。教えてください」

「別に」

「別に？」

「別になんとも思っちゃいないよ」札山が吐き捨てるように答える。「客に商品をすすめるのなんか当たり前だろ」

あかりは脱力した。急に疲労が押し寄せてくる。すべてが終わった気がした。

竜之介が宙に向かって煙を吐き出す。「困った奴だ」と苦笑いした。

＊＊＊

【G5】東京ピエロ今昔物語【壊滅】90

456：名もなき外道

【ファストフード店で男性三人の遺体　東京・足立区】

12日深夜、足立区竹の塚にあるファストフード店、『やみつきドームス』の事務所内で、男性三人が殺害された。

殺されたのは、IT会社『オーシャン』代表取締役社長、浅川洋介さん（30）、芸能プロダクション『イク・エンタテインメント』社長、野田郁夫さん（65）、赤坂のバー『Y』店長、脇博之さん（30）の三人。

警視庁竹の塚署によると、通報を受けて駆けつけた警察官が現場に居合わせた男を殺人容疑で逮捕した。逮捕されたのは都内に住む職業不詳、橋本啓之容疑者（32）。容疑者と被害者三人には面識があった。

現場には他にも店のスタッフを含む数人がいた。重傷を負っている者もいるが、いずれも命に別状はない。

橋本容疑者は先月今月と同区内で発生した二件の殺人事件への関与もほのめかしている。同署は今回の事件との関連も含め、慎重に捜査を進める方針。

http://xxxxxxx/xxxxxxx/xxxxxxx/xxxxxxx/

457：名もなき外道
G5終了のお知らせ。

458：名もなき外道
リーダーだけ生き残る。

459：名もなき外道
不良界の風上にも置けないね。

460：名もなき外道
やみつきドームス行ったことある人いる？

461：名もなき外道
≫460　あるよ。

462：名もなき外道
≫460　おいらも。

463：名もなき外道
≫461、462　やみつきポテトの噂知ってる？

464：名もなき外道
≫463　噂？

465：名もなき外道
　>>464　ポテトにハピハピが使われてたらしい。

466：名もなき外道
　>>465　マジか!?　それ、ヤバすぎだろ。

467：名もなき外道
　>>465　ハピハピってなんですか。

468：名もなき外道
　ハピハピとはhttp://xxxxxxx/xxxxxxx/xxxxxxx/xxxxxxx/

469：名もなき外道
　>>468　ドラッグですか??

470：名もなき外道

≫469　あくまで違法ではないけどね。

471：名もなき外道
つまり危険ドラッグ混ぜて売ってたってこと？

472：名もなき外道
≫471　そゆこと。

473：名もなき外道
≫472　ソースは？

474：名もなき外道
≫473　ドームスで友達がバイトしてた。
俺も含めて友達が何度も行ってたから、申し訳ないって泣いて謝られた。
スタッフは全員ガチギレだって。
俺も札山って店長はマジで許せないと思う。

エピローグ

病院の前にマスコミはいなかった。

あの事件から二週間が経過している。本当は落ち着きを見せるまでもう少しかかると思っていたが、世間は先週発生した《女子高生指切り殺人》の話題で持ち切りになっていた。早くもこちらの事件は忘れ去られそうになっている。

本当にツイていると思った。札山聡一郎に対するマスコミの注目はしばらく高いと予想していたからだ。天国の慎ちゃんが手を貸してくれているのかもしれない。

報道によると、逮捕された橋本啓之は名波幸一や高月茂雄を含めた五人全員の殺害を認めているという。ただし、動機については黙秘を続けているそうだ。

橋本が口を割らないかぎり、私に捜査の手が伸びてくることはないだろう。事実、警察関係者からの接触は簡単な事情聴取以外、藪田に声をかけられただけだ。そのとき、藪田は「スタッフで見舞いに行くのに必要だろ」と札山の病室を教えてくれた。

もちろん藪田も本気で見舞いに行くスタッフがいると思っているわけではないだろう。やみつきポテトに危険ドラッグ《ハピハピ》が混入されていたことは、すでにネットで知れ渡っている。いずれマスコミも騒ぎだすはずだ。

ひと息つくと、病院の玄関へ向かって歩きだした。ポケットの中のナイフを握りしめる。

病室は西棟四階の４１１号室だった。

急に横から人が出てきて私の行く手を遮った。驚いて足を止める。

「こんにちは」ほほ笑んでいたのは真行寺あかりだった。

反対からもう一人出てくる。七五三緑子だった。あかりの横に並ぶと、メガネの奥の目で私を見つめてくる。胸に大きなネコの絵が描かれたシャツを着ていた。

「どうしたの？」私は動揺を悟られないよう笑みを浮かべた。「もしかして店長のお見舞い？」まさかと思いながらそう訊いた。世間知らずのあかりならあり得るかもしれない。

「違います」あかりが答えた。「あなたが来るかもしれないと思って待ってたんです」

私は眉をひそめた。「どういう意味？」

あかりが病院を振り返る。

「ここにあなたの最後の復讐相手、札山聡一郎さんが入院しているからです」

体温がすっと下がるのを感じた。「……なにを言ってるの？」

「風永遥さん」あかりが私をフルネームで呼んだ。「遥さんは亡くなった花中慎吾さんの幼なじみだったんですね」

返す言葉が出てこなかった。突然の展開に頭がついていかない。

「それだけじゃない」緑子があとを受ける。「高校のころから二人は付き合っていたそうだな。あんたは慎吾がG5のせいで死んだと聞かされた。だから、仇を取るために皆殺しにしようとしたんだ」

「ちょっと待って」私はかろうじて笑ってみせた。「いきなりなんなの？」

「それはあんた自身が一番よく分かってるはずだ」

「まったく分からないわ」

「じゃあ、どうして慎吾の幼なじみということを隠してた？」

「隠してたわけじゃないわ。言いづらかっただけよ」

「幼なじみというのは認めるんだな」

「認めるわ。付き合ってたのもね。だからって、いきなり人殺し扱いはひどいんじゃない？」

「あんた、カンパニーと取り引きしただろう」

「……カンパニーってなに？」

「しらばっくれるな。あんたは東浜に会ったはずだ」

「そんな人、知らないわ」

橋本に連れていかれた部屋で会った坊主頭の男を思い出す。名乗ることはなかったが、おそらくあの男が東浜三蔵だ。元東京ピエロ初代リーダー、現在は犯罪組織《カンパニー》の最高幹部、今回のことがあって私もネットで調べて初めて知った。

「慎吾がカンパニーの下部組織で振り込め詐欺をしていたことは確認済みだ。その慎吾が目的もなく、札山が経営するやみつきドームスでバイトをしていたとは考えられない。間違いなく、東浜の意図が働いていたはずだ。事実、当時の慎吾は『ボスからデカイ仕事を任された』と周囲に自慢していたそうだ」

「なんの話か全然分からないけど」

「慎吾の目的はドームスに保管していたハピハピだった」

顔が強張《こわば》るのが自分で分かった。

「しかし、慎吾は目的を達成できなかった。だから、あんたがその役を引き継いだんだ」

この子は何者だろう。どうしてそんなことまで知っているのだ。

私は不思議な思いで緑子の言葉を聞いていた。

もともと慎吾は国立のT大学を目指していた。しかし、二年連続で受験に失敗してしまった。高校のころから「合格間違いなし」と言われていただけに、二年目はさすがに打ちひしがれていた。二浪はせず、すべり止めの私大に入学したものの、当時は「これで人生終わった」というのが慎吾の口癖だった。

「悲観する必要ないじゃない」

私は彼女として慎吾を励ましていた。T大ではなかったが、慎吾の入学した私大も充分にレベルの高い大学だったからだ。

しかし、慎吾は納得しなかった。自分の大学を馬鹿にして、入学したあともふてくされていた。毎日のようにパチンコ屋やゲームセンターに入りびたり、私が連絡しても返事すらロクになかった。当時はヤキモキしながら毎日過ごしていたのを覚えている。

そんなある日、突然、慎吾がベンツに乗って私の前に現れた。目を丸くする私に慎吾は得意げに言った。

「ボスから借りたんだ」

「ボス？」

「バイト先のボスだよ。俺に目をかけてくれてさ」

「どんなバイトなの？」

「テレアポみたいな感じだな。でも、けっこう技術が必要でさ。俺、筋がいいんだって。だから、上の人がボスに紹介してくれてさ。今度、ボス直々のミッションを任されたんだ」

「ミッションってなに？」

「それは内緒」慎吾がウインクする。「でも、デカイ仕事だぜ」

生き生きとした慎吾を見たのは久しぶりだった。私はなんだかうれしくなってしまった。

「慎ちゃん、楽しそうだね」

「そりゃな」慎吾が口を斜めにした。「逆転のシナリオが見えてきたんだ。楽しくもなるさ」

「逆転のシナリオ？」

「T大出たって、三十代でせいぜい年収一千万とか二千万だろ。でも、こっちはこのままいけば二十代でも軽く五千万超えるんだぜ」

私はポカンとした。「……なにそれ？」

「すげえよな。もうそうなったらT大とか関係ねえじゃん。一気に人生の勝者だ。やる気にもなるって」

普通に考えて二十代で年収五千万というのはまともな仕事には思えなかった。

「今回のミッションが成功したら、俺もそういうポジションに就かせてくれるって言うんだ。だから、絶対に成功させてなり上がるつもりだ」

「……ねえ、慎ちゃん」私はおそるおそる口を開いた。「その仕事、大丈夫なの？」

「大丈夫って？」

「ちょっと怪しくない？」

慎吾が急に不機嫌になった。「なんだよ。遥は俺がやろうとしてることにケチつけるのか」

「違う、違う」私はあわてて否定した。「そうじゃないの。ただ、そんなにお金稼げるなんてすごいなあと思って」

「この世は弱肉強食だ」慎吾が不敵に笑った。「強くて賢い奴が勝つんだ。俺は絶対勝ち組になってやる。待ってろよ、遥。今度は自分のベンツでおまえを迎えに来てやるからな」

私はそれ以上なにも言えなくなってしまった。

しかし、今になって思う。あのときになんとしてでも引きとめるべきだったのだ。

慎吾と直接話をしたのはあの日が最後になった。ファストフードで働きだしたことは聞いていたが、それが《ボス直々のミッション》とどう関係しているのかは知らなかった。

慎吾が死んだと聞いたとき、ショックを受けるより前に「やっぱり」という思いが頭をよぎった。しかし、ときすでに遅しだった。

慎吾は事故死とされたが、私は納得いかなかった。年収五千万を目指していたのに、なぜファストフードでバイトを始めたのか。そこになにかがあるに違いないと確信した。

とりあえずドームスについて調べてやろうと思った。店のスタッフから話を聞こうと裏口で待ち構えていたとき、一人の男に声をかけられた。それが藪田だった。

私が慎吾の知り合いだと伝えると、藪田は同情してくれた。そして、慎吾の死はドームスに原因があると言い出した。現役の刑事からそう言われたことで、私は自分の考えが正しいことを確信した。

——あいつがどうして死んだか知りたくないか。

翌日、そう言葉をかけられたのがすべての始まりだった。

藪田に会った次の日のことだ。突然、私の目の前に大男が現れた。橋本と名乗ったその大男は、慎吾がどうして死んだのか教えてやると私に告げた。

今になって考えると、このときも偶然にしてはタイミングがよすぎた気がする。もしかしたら藪田がカンパニーに私のことを伝えたのかもしれない、利用できそうな女がいると。だとしたら、今回もわざと私に札山の病室を教えた可能性は充分にあった。

現役刑事が犯罪組織と通じているとすれば、世間的には大問題だろう。しかし、たとえそうだったとしても、私にとっては今さらどうでもいい話だ。

得体の知れない橋本に恐れを抱きながらも、私は慎吾が死んだ理由を知りたいという誘惑に逆らうことができなかった。私は橋本の言葉に従って、言われるがまま車に乗り込んだ。そして、連れていかれた場所で例の坊主頭と面会した。

そこで私は真実を知った。

慎吾はハピハピで酩酊させられたうえ、屋上に放り出されたために誤って落下したという。

だとしたら、事故ではなく殺人だ。それをやったG5を私は許すことができなかった。だから、悪魔と手を組んだのだ。

「あんたは謹慎中の神鳥早紀に会いにいき、ハピハピを盗み出すことを提案した」緑子が続けた。「札山を困らせようと言ったそうだな。そして、早紀から店の鍵を預かると同時に、倉庫の暗証番号を聞き出したんだ」

「私、あのとき廊下にいたんです」あかりが申し訳なさそうに言う。

「あのとき？」私は訊き返した。

「遥さんがお店に忍び込んだときです。両手に紙袋を提げた遥さんが通用口から出ていくのを見ました」

見られたのならしょうがない。

「ハピハピを盗み出したのは認めるわ」私は肩をすくめた。緑子を見て、「殴ったりしてゴメンなさい」と謝る。「突然、人が入ってきたからびっくりしたのよ」

「盗んだハピハピをどうした？」

「捨てたわ」

「ウソつけ。カンパニーに渡したんだろう」

私は苦笑いをした。「仮にあなたの言うとおり、私がカンパニーとつながってたとするわ。

ハピハピも渡したとする。でも、それだけじゃ私が人を殺した証拠にはならないでしょ」

「証拠はある」

「どこに？」

「あんたがここに来たことがなによりの証拠だ」

「……どういう意味？」

「じゃあ訊くが、あんたはここになにしに来たんだ。まさか店長の見舞いに来たとか言わないよな」

自分の表情が強張るのが分かった。「……そのとおりよ」

「そんなウソが通じると思うか」緑子が鼻で笑う。「ハピハピのことで店のスタッフは札山に対して総スカンだ。見舞いに来た奴は一人もいない。それとも、あんたはそこまで札山を慕っていたとでも言うつもりか」

どうやらこれ以上ごまかすことはできそうにない。しかし、ここで引き下がるわけにもいかなかった。あと一人で復讐が完了する。こんなところでやめることはできなかった。

「そこをどいて」私は低い声で告げた。「あなたたちには関係ないことでしょう。邪魔するなら容赦しないわ」

ポケットの中のナイフを握りしめる。関係ない人間を傷つけるのは後ろめたい気持ちもあったが、どうせすべてが終われば生きているつもりはなかった。気にする必要はない。

「やめておくんだ」緑子が冷静な口調で言った。「今やめれば、すべてを橋本の犯行にすることもできる」

「そんなことは望んでないわ」私は一歩踏み出そうとした。

「――遥ちゃん」

不意に背後から名前を呼ばれた。

振り返ってあ然とする。慎吾の両親が立っていた。

「私は二人の依頼を受けて、花中慎吾さんが死んだ理由を探っていたんだ」緑子が言った。

「慎ちゃんが死んだ理由……？」改めて緑子を見る。メガネの奥の目が憂いを帯びているように見えた。

「慎吾さんはハピハピをアルコールと一緒に大量に飲まされたせいで屋上から転落した。それはあんたも知ってるな」

「もちろん。G5の奴らが虫けらみたいに慎ちゃんを屋上に放り出したせいで、あんな事故が起こったのよ」

そうだ、と緑子が頷く。「しかし、あの件に関わったのはG5全員ではない」

私は当惑した。「どういうこと？」

「直接関わったのは名波幸一、高月茂雄、脇博之、浅川洋介の四人だけだ。指示を出した野田郁夫を含めると五人になる」

「札山は？」

「札山聡一郎は関わっていない」

「ウソよ。あの男はG5が全員でやったと言っていたわ」

坊主頭の男は私にそう説明した。

「札山は慎吾さんがスパイであることを知って追い払おうとしただけだ。ヘタに手を出して、カンパニーの恨みを買うことを恐れていたそうだ。だから、札山は関係ないんだ。そのあたりは神鳥早紀が詳しいはずだ」

緑子をしばらく見つめる。「……ホントなの？」

「本当だ。信じられないなら、自分で早紀に訊いてみればいい」

そのとき、ふと思いついたことがあった。

「ちょっと待って。あなたの言うことが本当なら、慎ちゃんを死に追いやった奴らはすでに誰一人としてこの世にいないってこと？」

「そういうことになるな」緑子が頷く。「つまり、あんたの復讐はすでに終わっている。目的は達したんだ」

一瞬、ぼう然としてしまった。すぐには実感が湧かない。プツンと気持ちの切れた音が聞こえた気がした。膝から力が抜ける。私はその場に座り込んでしまった。

「ゴメンね……」慎吾の母が側に来ていた。しゃがみ込むと、私の首に手を回す。「あなたにこんなツライ思いをさせてしまってゴメンなさい。でも、ありがとう」

ありがとう……。

「七五三さんからすべて聞いたよ」慎吾の父が言った。「もとはと言えば、あいつがバカなことしてたんだな。遥ちゃんにはずいぶんと迷惑をかけてしまった。本当に申し訳ない。でも、ありがとう」

ありがとう……。

慎吾の両親が私に向かって感謝の言葉を述べている。しかし、満足感はまったくなかった。

「橋本があんたの名前をしゃべることはないだろう」緑子が言った。「ちなみに私たちも警察に証言するつもりはない」

え、と私は緑子を見上げた。

緑子は私とは目を合わさず慎吾の父を見た。「これで私たちの仕事は終わりです。後日、ご自宅宛に請求書をお送りさせていただきます」

「分かりました」慎吾の父が頷く。

「遥さん」あかりが声をかけてきた。「店長のことで遥さんが忠告してくれたのは、私を心配してくれたからなんですね」

あかりを見つめた。いろいろな意味でキレイな子だと改めて思う。こういう子に生まれていれば、人生も変わっていたのだろうか。

「ありがとうございました」あかりが深々と頭を下げた。

二人が行ってしまう。姿が見えなくなるまで、私はぼんやりと二人を見送っていた。

「遥ちゃん」慎吾の母が私の顔をのぞき込んでくる。「あなた、通夜も告別式も来てくれなかったでしょう。どうしてなの？」

私は目をそらした。「……申し訳なくて」

「申し訳ない？」

「私には慎ちゃんを止められる機会があったんです。でも、慎ちゃんに嫌われるのがイヤで、強く言えませんでした。慎ちゃんが死んだのは私のせいなんです。そんな私に慎ちゃんの死を悲しむ権利なんてありません」

「遥ちゃん、こっちを見て」

私は顔を上げた。慎吾の母の表情は優しかった。

「あなた、ちゃんと泣いた？」

慎吾の母をマジマジと見つめる。

「あなた、泣いてないんじゃないの？」

急になにかが込み上げてきた。あわてて口を押さえる。しかし、我慢できずに嗚咽《おえつ》がもれてしまった。

「かわいそうに……」慎吾の母が私を抱き寄せた。「あなたは泣くことさえできずに一人で苦しんでいたのね」

身体の震えが止まらない。

「あなたは私たちなんかよりよっぽどかわいそうだったわ。もう大丈夫よ。あなたは一人じゃないからね」

涙が次から次へとあふれてきた。息が苦しくなるほどしゃくり上げてしまう。

慎吾の母は赤ちゃんをあやすように私の背中を叩いていた。背後から温もりを感じる。慎吾の父が私と自分の妻を一緒に包むように抱きかかえていた。

ああ、そうだ――。

私はそのときになってやっと気づいた。

慎吾が死んでから泣くのはこれが初めてだったことに。

＊＊＊

「――あれでよかったのかな」あかりは背後を振り返った。すでに遥たちの姿は見えなくなっている。

緑子があかりを見た。「じゃあ、おまえは風永遥に捕まってほしかったのか」

「そうじゃなくて――」あかりは首を振った。「花中慎吾さんは事故じゃなかったかもしれないんでしょ」

「そのことか」緑子が頷く。「言っただろう。それを伝えたところでどうしようもない。むしろ知らないほうが本人のためだ」

「やっぱりそうなのかなあ」あかりはもう一度振り返った。

札山によると、G5の面々はハピハピで酩酊状態の花中慎吾を屋上に放り出したあと、引き取りに来るよう橋本に連絡したという。その話が本当だとすると、慎吾は橋本が来るまでのあいだに転落したことになる。

しかし、竜之介は「絶対に違う」と言い切った。

「慎吾は橋本に突き落とされたんだ」

竜之介も証拠があって言っているわけではないだろう。しかし、橋本の容赦ない姿を思い出すと、人を屋上から突き落とすぐらいは平気でやりそうに思えた。

その場合、遥は真に復讐すべき相手に利用されたことになる。知らないほうが本人のためだと緑子が言うのも分からなくはなかった。しかし、知らせずにいるのもある意味で残酷な気がする。

「それより、あかりはもういいのか」

「なにが？」

「札山のことだ。あれから一度も会ってないんだろう」

ああ、とあかりは笑みを浮かべた。「もう会う必要ないから。やっぱり私とは住む世界が違ったみたい」

「平気なのか」

「もともと付き合ってたわけじゃないしね」あかりは肩をすくめた。「いろいろ知ったら気持ちも冷めちゃったみたい」

そうか、と緑子が安心した表情を見せる。「なら、よかった」

「心配かけてゴメンね」

本当は少し無理をしていた。いまだに泣いてしまうこともある。しかし、どんなにツラくても前を向こうと決めていた。暗い表情をしているあかりを見たら、理由に関係なく母が喜ぶからだ。

——やっぱりあなたにはバレエしかないのよ。

そう言って勝ち誇る母の姿が目に浮かぶ気がした。

「で、おまえはこれからどうするんだ」緑子が歩きながら訊いてきた。「新しいバイトを探すんだろう」

あかりは足を止めた。

緑子が一、二歩進んでから立ち止まる。「どうした？」

あかりはカバンを開けると、名刺を一枚取り出した。「どうぞ」とうやうやしく差し出す。

緑子が訝しげに受け取った。次の瞬間、「な——」と目を丸くする。名刺をあかりのほうに向けると、「なんだ、これは！」と普段より一オクターブ高い声を上げた。

《いちご探偵事務所　探偵助手　真行寺あかり》

名刺にはそう印刷されている。

「そういうこと」あかりはにっこりと笑った。

バレエに戻らないことは決めている。しかし、決めているのはそれだけだった。とりあえず興味のあることを片っ端からやってみようと思っている。手始めに《探偵》は悪くない気がしていた。

　いやいや、と緑子があわてたように言った。「絶対にダメだ。そんなの認められるか」

「どうして？」

「決まってるだろう。二十歳の女の子には危険だ」

「グリコちゃんはやってるじゃない」

「私は別だ」

「グリコちゃんもれっきとした二十歳の女の子でしょ」

「また今回みたいな目にあったらどうするんだ。次も無事とはかぎらないんだぞ」

「大丈夫」

「どうして言い切れる？」

「なんとなく」

「おまえ、探偵の仕事をなめてるだろ」

「いいじゃない。チーム・あかグリコってことで」

「あかグリコ？」

「あかりとグリコであかグリコ。けっこういいでしょ」

「ちっともよくない！」

あかりはわざとらしくため息をついた。「グリコちゃんが反対してもムダだからね。竜之介さんの許可はもらってあるもん」

——私を雇ってもらえませんか。

おそるおそる切り出したあかりの頼みに、「いいよー」と竜之介はあっさりとオーケーを出した。

「ホントですか……」反対されるかもしれないと思っていただけに、あかりは少々拍子抜けしてしまった。

「僕は来る者拒まずだからね。あ、でも給料は安いから」

「それはかまいません」

「ただし、一つだけ約束してくれるかな」

「なんでしょう」

「自分の居場所が見つかったらすぐに言うこと。いいね」

「自分の居場所？」

「あかりちゃんの居場所はここじゃない気がするんだ。だからさ、見つかったら遠慮なく言ってほしいんだ。それが約束」

「分かりました」

「よろしい」竜之介はほほ笑んだ。「それまではうちでゆっくりと白鳥の羽を休めるといいよ。次に羽ばたくときに備えてね」

もしかしたら竜之介はあかりに《自分探し》の時間をくれたのかもしれない。自分を探す探偵というのはちょっとおもしろい気がした。

「――ということで」あかりは緑子の肩をポンポンと叩いた。「よろしくね、グリコ先輩」

「よろしくじゃない！」緑子が抗議の声を上げる。「私は絶対に認めないからな」

「頑固ねえ」

「おまえに言われたくない」

あかりは笑ってしまった。

しばらく口を尖らせていた緑子もやがてあきれたように笑い始める。「頑固は絶対におまえのほうだからな」と言うと歩きだした。

「はいはい」あかりは笑いながら横に並ぶ。

頭上には澄みわたった秋晴れの空が広がっていた。

この作品は書き下ろしです。原稿枚数403枚（400字詰め）。

「ご一緒《いっしょ》にポテトはいかがですか」殺人事件《さつじんじけん》

堀内公太郎《ほりうちこうたろう》

平成26年10月10日　初版発行

発行人――石原正康
編集人――永島賞二
発行所――株式会社幻冬舎
〒151-0051東京都渋谷区千駄ヶ谷4-9-7
電話　03(5411)6222(営業)
　　　03(5411)6211(編集)
　　振替00120-8-767643
印刷・製本―株式会社 光邦
装丁者――高橋雅之

幻冬舎文庫

ISBN978-4-344-42268-1　C0193　ほ-11-1

幻冬舎ホームページアドレス　http://www.gentosha.co.jp/
この本に関するご意見・ご感想をメールでお寄せいただく場合は、
comment@gentosha.co.jpまで。